ハヤカワ文庫JA
〈JA1447〉

トッカン
徴収ロワイヤル

高殿 円

早川書房
8565

目次

登場人物

鏡 雅愛（かがみ まさちか）

東京国税局京橋中央税務署の特別国税徴収官（トッカン）。ぐー子の直属の上司。別名〝京橋中央署の死に神〟。36歳。


田嶋（たじま）……ぐー子のゼミ仲間。大阪国税局和歌山地区勤務。

福本（ふくもと）……ぐー子のゼミ仲間。高知国税局勤務。

青木（あおき）……ぐー子の税大研修の担当教授。

南（みなみ）……福岡国税局対馬署徴収官。

本屋敷真事（ほんやしき まこと）……鏡の幼なじみの弁護士。別名〝ジョゼ〟。

里見輝秋（さとみ てるあき）……鏡の幼なじみで留学帰りの財務省キャリア。通称〝アッキー〟。

吹雪 敦（ふぶき あつし）……みんなの法律相談所代表弁護士。勤労商工会中央区京橋支部の税理士兼顧問弁護士。

鈴宮益二郎（すずみや ますじろう）……ぐー子の父。神戸で和菓子店を経営。

平岩康志（ひらいわ やすし）……八重洲の飲食店主。

水町志おり（みずまち しおり）……明石町で踊り教室を営んでいた現在無職の老婦人。

岸井両次（きしい りょうじ）……築地の質屋「喜四井」の店主。

笠野（かさの）……対馬の民宿「かさの」及びゴールドフィンガー号のオーナー。人気ユーチューバー。

Illustration 長崎訓子

鈴宮深樹（すずみや みき）
東京国税局京橋中央税務署の国税徴収官。トッカン鏡雅愛付き。通称〝ぐー子〟。26歳。

鍋島木綿子（なべしま ゆうこ）………東京国税局京橋中央税務署第一徴収課の上席。別名〝夜の担当班〟。独身。趣味は見合い。38歳。
錦野春路（にしきの はるじ）…………同第二徴収課徴収官。ぐー子の後輩。実家が古美術商の25歳。通称〝はるじい〟。
釜池 亨（かまち とおる）……………同第一徴収課徴収官。ぐー子の先輩。「ニートになりたい」が口癖のやる気のない29歳。
与那嶺 聡（よなみね さとし）…………同第二徴収課徴収官。課税から出向組の草食系男子。通称〝ヨナさん〟。28歳。
清里 肇（きよさと はじめ）……………同署長。ピンクリボン運動を展開中。
松桐（まつきり）…………………………東京国税局神保町署評価公売専門官。
南部千紗（なんぶ ちさ）………………ぐー子の同期にして天敵。東京国税局資料調査課調査官。
佐藤 灯（さとう とも）…………………ぐー子のゼミ仲間。関東信越国税局和光署勤務。
西田（にしだ）……………………………ぐー子のゼミ仲間。広島国税局島根地区勤務。
元木（もとき）……………………………ぐー子のゼミ仲間。札幌国税局旭川北署勤務。

用語表

特官《トッカン》……特別国税徴収官、特別国税調査官、特別国税査察官の略
本店《ほんてん》……国税局
会社《かいしゃ》……自分の勤め先のこと。ぐー子にとっては京橋中央税務署
支店《してん》……各地の税務署
庁《ちょう》……国税庁
お上《かみ》……財務省
営業《えいぎょう》……納税指導のため外回りに行くこと
確申《かくしん》……確定申告
調査《ちょうさ》……課税部門
徴収《ちょうしゅう》……徴収部門
行人《ぎょうにん》……徴収官
トコロ……個人調査部門

さんずい……法人調査部門
料調《りょうちょう》……資料調査課
評専官《ひょうせんかん》……評価公売専門官
本科《ほんか》……税務大学。単に税大ともいう
Ｓ《エス》……差し押さえ
ＭＪ《エムジェイ》……上席からあがらず定年を迎える人。窓際上席の略
Ｋ《ケイ》……警察を呼ぶこと
トクチ……繁華街を指す特定地域担当の略
ロール作業……銀行のＡＴＭ記録紙《ジャーナル》をひたすらチェックすること
特殊関係人《とくしゅかんけいにん》……愛人
否認事項《ひにんじこう》……脱税行為の指摘
おやじさん……署長
サブ……副署長

トッカン　徴収ロワイヤル

幻の国産コーヒー

冷水器って、ありがたい。

ペットボトル一本百五十円。たかが百五十円、だが塵も積もればされど百五十円。わたしこと鈴宮深樹《すずみやみき》のようなヒラ公務員が毎日費やすには惜しい出費だ。

そういうわけで、わたしは仕事に行き詰まると、たいてい気晴らしもかねてこの京橋中央税務署の廊下に鎮座まします冷水器にかぶりついている。たまに出かける前などに、空のペットボトルに水を詰めていて上司にいやな顔をされたりするが百五十円は大きい。特に給料日前は。

「ああ、近づいてきたわねえ。七月が」

ピンあとすら見えないいつもの完璧な夜会巻き、外回り仕事とは思えない八センチヒールをカツカツいわせながら、同僚の鍋島木綿子《なべしまゆうこ》さんがトイレから出てきた。着回しを感じさせない麻混のツーピース姿にピカピカに磨き上げられたネイル、これが銀座と戦う女の正しい姿である。

「来ますね。七月が」

「いつだっけ辞令」

「十日ってだれか言ってましたよ」

二人して、一瞬なにもない壁を遠い目で見てしまう。

公務員の異動はたいてい四月だが、国税はなぜか七月である。そしてその辞令は十日前ギリギリにしか通達されない。さらにわたしが勤務する東京国税局の東京管区の場合、飛ばされるのは都内とは限らない。いきなり来週から「お前は山梨の僻地《へきち》行き」と言われる可能性だって大なのである。

「ぐーちゃん、だれかになにか聞いてない？　今年の異動のこと」

「いや、全然です。ここんとこ上司が張り切ってS《エス》行ってるんで、ずっと会ってません」

仕事柄、具体的な仕事内容を示す言葉はたいてい隠語だ。Sは差し押さえのS。納税指導は営業。そして税務署はカイシャ。ちなみにわたしがぐーちゃんと言われるのは隠語ではなく、ただの口癖からついた渾名《あだな》である。

「いまさら山梨とかナィわあ。調整手当下がるもの。せめて千葉、千葉がいい」

「都内離れなきゃならないなら神奈川がいいです。調整手当今と同じくらいらしいですし」

調整手当は重要だ。公務員の給与体系は至極謎で、同じ仕事をしているのに、物価が違うからといってある一定の地域のラインをまたぐと給料が下がるのである。つまり田舎に行けば給料が下がる。

「島とか勘弁よねえ。私の友達、教師なんだけど、突然伊豆諸島に飛ばされてまだ帰ってこないわよ」

「ああ、学校の先生もそうですよね。それに国税だと〝芝《しば》〟が…」

「〝芝〟ね」

「ええ、〝芝〟です」

恐ろしいことに、すぐおとなりの芝税務署になっても油断はできない。なんと、かの伊豆諸島は芝の管区なのだ。

「これから辞令がいつくるか、いつくるかって怯えながら仕事するの憂鬱。ほんとだったらボーナス前でうきうき気分を味わえる時期なのに」

木綿子さんはつぶやいて、またヒールをカツカツいわせながらデスクへ戻っていった。

わたしは再び冷水器にかぶりつく。水うまい。タダだと思うとこれまたさらにうまい。

(ペットボトル代を節約して、今日はスイーツを買うんだ。デパ地下の)

「お前は休み時間の中学生か、ぐー子」

ふいに、午前中は聞かなかった人物の声がした。わたしは振り向かなかった。いったいどこのだれがどんな姿でわたしの真後ろに立っているのか、振り返らなくても確信があったからだ。

限りなく黒に近い濃紺のスーツ。そしてハスキー犬がしっぽを踏んづけられてさらに怒っているかのように物騒極まりない顔。

鏡雅愛《かがみまさちか》。三十五歳。身分は東京国税局京橋中央署特別国税徴収官。略して特官《トッカン》。

「ぐー子じゃないです。鈴宮です」

わたしは、手のひらで男らしく口元をぬぐった。

この特官という役職がわたしのような名ばかりトッカン付き普通の徴収官とどれくらい違うかというと、課長クラスとタダのヒラという一言につきる。基本的には税務官は課税も徴収も事務方も所轄と局を行ったり来たりしながら、そして都会と田舎を行ったり来たりしながらキャリアアップする。普通の会社と同じように管理職になれば現場は下にまかせてチームを率いる役目を担うが、特官は管理職クラスなのに現場にいく、つまり司令官自ら塹壕《ざんごう》を飛び出て突撃するタイプの特殊ポジションで、本来なら所轄も局も地方も経験した海千山千の統括官経験者しかなれないのだ。だから、鏡のような三十代半ばのトッカンは珍しい。

東京国税局一の暴れん坊徴収官。あまりにも有名すぎて都心においておけず田舎に飛ばせば地元の滞納ヤクザから仏像を徴収し、大阪に飛ばせばソープで働く嬢たちに好かれ、アガリを管理している店番を襲撃してそのあたりの店を一時閉店させ（嬢たちはこれ幸いとほかのもう少し健全経営の店に移ったそうだ）、福岡では手を替え品を替え違法移動販売で多額の利益を得ていた会社の改造バンに突撃して帰りのガソリン代だけ残して徴収した。これでは給料が出ないと悟った販売員は、あまりのブラックな会社に見切りをつけてそのまま逃走したらしい。その後どうなったのかは私もまだ鏡に詳細を聞けずにいる。

このように、東京管区外でも数々の騒動と手柄をたてているこの鏡は、周りから〝京橋中央署の死に神〟として一目置かれている。どんなやっかいな滞納者からも、どんなにたくみに隠してある金《きん》ののべ棒でも隠し場所を暴いてくる凄腕として。

そしてわたしは、彼の直属の部下〝トッカン付き《パシリ》〟である。

「いつまでリクルートスーツ着て新人気分でいるつもりだ」

「ぐ」

今でもわたしは、外回りの日は学生用のリクルートスーツを愛用している。当然、上下真っ黒である。濃紺スーツの鏡は遠目には真っ黒に見えるらしく、二人いっしょだと、〝京橋中央署の死に神とその使い魔〟とか〝万年お葬式コンビ〟とか言われている。

（トッカンだって毎日葬式のくせに。それにせっかく買ったリクルートスーツ、まだまだ着られるんだからいいじゃない）

とは、内心毒づくだけで決して口にはしない。まだ命は惜しい。

「コンビニでコーヒーも買って飲めないくらい、何にそんなに金をかけてるんだ。馬か自転車かボートか」

「なんでそんなかけ事限定なんですか」

そういう鏡の手には、いい香りをはなつエルメスのマグカップがある。コーヒーをこよなく愛するわが上司は、なんと休憩時間にいちいち給湯室で直火型の専用エスプレッソマシンを使ってコーヒーを淹れているのだ。

「堅実だって言ってください。百五十円を大事にしているんです。それに、水が好きなんです」

苦しい弁解である。鏡は、ハスキー犬が更に機嫌を悪くしたような顔で、わたしを冷ややかに見つめ、

「堅実という言葉はお前に一番ふさわしくない。少なくとも俺は、お前の堅実な仕事ぶりを一度も見たことはない」

「……ぐ。鏡特官みたいに贅沢はしないって意味です。そんな高いマグカップにコーヒー、職場でいちいち飲んでられないですから」

「どんなにいいコーヒーでも、カップで味が変わる」

コーヒーを愛する鏡の、もっともらしい蘊蓄《うんちく》がはじまった。

「これは伊豆大島のコーヒーだ。幻の国産コーヒーと呼ばれている。国内需要に貢献するのも大事だからな」

「伊豆大島⁉」

伊豆大島でコーヒーがとれるなんて聞いたことがなかった。しかし、たしかにあそこは南国も同然だ。ハワイが有名なコーヒーの産地なのだから、伊豆大島でだってとれるのかもしれない。

「鏡特官のことだから、どこかのブルーマウンテンとかしか飲まないと思ってました」

「無知なやつは世界で一番うまいコーヒーはぜんぶブルマンだと思っている」

「ぐ、ぐ……」

超上から目線で馬鹿にされた。

「俺のコーヒー豆の種類より、自分の老後を心配しろ。直属の部下が、すり切れてゴムのなくなっているかかとを一ヶ月も代えないで放置し、ペットボトルの茶も買えずに冷水器に張り付き、未だに一年前と同じスーツを着てくるくらい困窮しているなんて借金でもあるのか勘ぐりたくなる」

「なんでそんないちいち服装チェックするんですか。パワハラじゃないですか」

「新人研修で、管轄内で目立つなだらしなくするな黒子《くろこ》でいろと言われなかったか。俺たちはどこで見られてるかわからないんだぞ」

「ぐぐ……」

警察官と違い、われわれは基本的に地元からやや敬遠されている存在だ。しかも警察官は制服があるからいいが、国税官は毎日私服である。管轄内で悪いうわさがたたないよう、最低限身ぎれいでいろというのは鉄則なのだ。

「とにかく、お前には伊豆大島のコーヒーどころか、インスタントでももったいないのはたしかだな。ずっと水にかぶりついてろ。客には見られるなよ」

わたしとの会話のせいでコーヒーが冷めたと言わんばかりに、鏡はふいっと顔を背けてフロアへ戻って行った。彼と入れ違いに廊下へ出てきたのは、同僚の釜池《かまち》亨《とおる》だ。

「はあぁぁぁぁ〜、ふううううう…」

聞く者すべてをローテンションにさせるため息をついて、釜池は言った。

「あ、ぐーさんまた水飲んでる。そうそう異動のことなにか聞いてます?」

木綿子さんと同じことを聞いてきた。この時期、だれもが異動のことで内心ビクビクしている。特に釜池は京橋に三年いるので、次はいったいどこに飛ばされるかと思うと気が気ではないのだろう。

「俺、船橋で三年、京橋で三年なんでそろそろなんスよね」

田舎へ飛ばされる番というわけだ。あるいは逆転ホームランで本店か。いやしかし釜池《かれ》にかぎってそれはないか。

「ぐーさんはまだここ一年ですもんねえ。いいなあ、あと一年はここか」

「わかんないですよ。一年で異動になる《とぶ》人いっぱいいるし」

「年次が上でポジション問題か、万年トラブルバスターしてる人はそうすね。――そう言えば、鏡特官にも異動の噂、出てたっけ」

わたしはすすっていた冷水器の水を思わず噴きそうになった。

「鏡特官が、異動!?」

思わず彼が去ったフロアのほうを凝視する。

「ってことは、わたしはついにお役ご免ってこと!?」

「まだわかんないですけど。でも鏡さんが伊豆諸島に飛ばされるってだれか言ってたなあ」

「伊豆諸島⁉」

まさに先ほど鏡が飲んでいたのは、その伊豆諸島産のコーヒーではなかったか。

「それってほんとに、署長《おやじさん》とかから降りてきた噂《はなし》？」

「いや、俺も又聞きなんですけど、特官のだれかに芝の伊豆諸島担当を打診したら、たまたま伊豆諸島に行きたい人がいたらしくてスンナリ決まったって」

「伊豆諸島に行きたい人⁉　鏡特官のことだ！」

「なんです？　鏡特官、本当に異動するんですか？　ぐーさんも聞いたんですか？」

「さっきも伊豆諸島がどうとか言ってたもの。わざわざ伊豆諸島産のコーヒーを飲んだりして。きっともう内々に聞いたんだ。やったー！　これでわたしも特官付きじゃなくなる。晴れてフツーの徴収官！」

ばんざーい！　と廊下で勢いよく両手をあげた。もともと鏡は、この京橋中央署で起こった面倒ごとを片づけるために本店からやってきたいわゆる出世ルート組だ。ここが落ち着いたら次は田舎の小さな課税も徴収もぜんぶやらなきゃいけないような小さい支所で課長をやり、局の特整に1ポジションアップして戻って大きな捕り物をやり、そのうち財務省か庁へ出向というのができる人のお決まりのコースなのである。むろん、わたしのような平凡なヒラには永久に縁のない話だ。

きっと、鏡は伊豆諸島のコーヒーが気に入って、内々の伊豆諸島行きを了承したのだろう。一度伊豆諸島に行けば当分某Y県や某C県の奥地には飛ばされないと聞く。どうせ田舎に一度飛ばされるのなら、どのへんで手をうつかというのは、転勤が常である公務員の悩みどころのひとつであるのだ。

（ということは、今日の滞納整理がトッカン付き最後の大仕事かも）

「やった！　伊豆大島コーヒーばんざい！」

わたしは思わず何度も壁に向かって万歳三唱をした。

鏡と組まされてはや一年。それも最後と思うと、なにやら感慨のようなものが胸にこみ上げてくる。いろいろあった。本当に、一言で言い尽くせないほど彼とはいろいろあったが、きっと通り過ぎてみれば良い思い出になる……、

〝はず〟だ。

＊＊＊

納付相談のお知らせ、差押予告書の二段階を無視されると、徴収課はいよいよ差押手続予告書を滞納者に送りつける。ここまでくれば、いつ徴収官が家に差し押さえに押しかけるかわからない。朝早く、もしくは夜遅くの差し押さえもありうるので、その場合はもちろん残業だ。夜遅い分にはまあいいとして、朝の五時に住宅街に押しかけるのは至難の業である。なにせ電車がない。

しかし、わが上司である鏡にとってはどうってことない話だ。彼は都内のどこでも自転車で現れる。いつでも皺一つないイヤミなシャツに、黒に限りなく近い紺色のスーツで、一台数十万もするロードレース用の軽量自転車に乗っているのだ。その朝、始発を乗り継いでなんとか目的の家までたどりついたわたしを待っていたのは、見慣れたロードバイクに尻をひっかけて水を飲む鏡の姿だった。

「遅い」

「……始発で来たんですが」

わたしは走って化粧が流れるほど汗をかいたというのに、鏡は涼しい顔だ。

「そんなスーツ姿でよくロードバイクなんて乗れますよね、トッカンは」

「べつにスーツで乗ってるわけじゃない」

聞くところによると、都内にはロードバイク愛好者のための二十四時間使えるコインシャワーや早朝から開いている銭湯があるらしい。鏡はそこまで自転車できてひとっ風呂あびたあとさっそうとスーツでご登場あそばしたというわけだ。

「ここには、〝ある〟な」

本日の差し押さえ対象である杉並区の一軒家を見上げて、彼は確信を込めて言った。ある、とはつまり現金か、換価しやすいなにかがである。すご腕の徴収官ともなると、一目見ただけで、あるいは中に一歩踏み込んだだけで金の匂いがわかるという。

家主である平岩康志《ひらいわやすし》は、京橋中央署管轄にあたる八重洲二丁目の飲食店において脱税・申告漏れを指摘され、その後においても追徴課税を払っていない。何度も脱税、滞納を繰り返す常習犯なので、そろそろがつんとお灸を据えようということになり、今回鏡が差し押さえを担当することになった。自業自得とはいえまことに（平岩さんには）ご愁傷さまなことである。

鏡曰く金の匂いのする当該の一軒家は、見たところごく普通の４ＬＤＫだった。場所もＪＲ中央線『荻窪』駅徒歩十八分と決して駅近とは言えない。都内で四十坪の敷地は広いほうとはいえ、特に金持ちというまではいかないだろう。外観もペンキの吹きつけだけでタイル張りはなし、今流行の太陽光発電の屋根でもなし、車庫も掘り込みでないふつうの片面立ち屋根のみで、駐まっているのも国産のファミリー車だ。

「本当に、ここに現金があるんですか？」

「ある。こういう一見貧乏くさいのに限って、たんまり隠してやがるもんだ」

貧乏くさいとはいっても、中央線沿線でこのクラスの家を建てようとしたら、六、七千万はする。鏡の基準では、平岩家は中流の部類にも入らないらしい。

「そうですかねえ。平岩さんちってここ二十年以上自営業でしょう。何度も税務署の申告漏れ受けてる店に銀行がお金を貸すとも思えないし、ローンなしで家を建てたのならそこそこ金持ちなんじゃないですか」

「お前の基準ではかるな。もっと頭を使え。百均で文房具を買うやつはすぐに壊れてもまた百均で買う。理由を考えずにな」

「ぐ」

言いたいことはわかるが、百均で文房具を買ってなにが悪い。

鏡がすたすた行ってしまったので、わたしは慌ててあとを追った。平岩康志は平日のこの時間は、メタボリック対策のためか近所の公園までランニングをすることをつきとめてある。鏡はもちろん、その直前に踏み込むために早朝を選んだのだ。

「おはようございます、平岩さん。京橋中央税務署です」

首にタオルをかけて犬と出てきた平岩康志は、一瞬なにごとかというようにきょとんとした。身長は百六十五センチくらい。胴回りに脂肪のたっぷりとついたごくふつうの中年の男だ。

「あの、なん……」

じろり、と鏡に一瞥されて、わたしは慌てて差押予告書を横目に言った。

「平岩さん、先月にもその先々月にも予告書を送らせていただいていますが、ご連絡もないので、本日滞納額の徴収に伺いました。……平岩康志さん。現住所、東京都杉並区桃井×丁目一六-××。平成一九年度、滞納税目、中央区八重洲二丁目○○の店舗、消費税および源泉所得税・一七年度分追徴課税等――」

「入らせてもらう」

まだ呆然としている平岩を尻目に、鏡は家の中に押し入った。

「え、え、えちょっと、あなたなに――」

「だから税務署です。差し押さえに来たんですよ。身に覚えがあるでしょう」

平岩は、まさしく蛇に睨まれたカエルのようにひっと首を縮めた。

「鈴宮！　時間！」

わたしは開いていた携帯を見て時間を告げ、平岩康志に向かって書面とペンをつきつける。

「六月十五日午前六時八分。徴収法第一四二条により、ただいまの時刻から捜索を開始します！」

＊＊＊

鏡の「現金がある」宣言を嘲笑うかのように、捜索を開始して一時間たっても平岩家からは金目のものは見つからなかった。

トイレのタンクはおろか、冷蔵庫、床下収納、仏壇が二重底になっていないかすみずみまでチェックし、食器棚、風呂の天井から排水溝、洗面所の洗面台の棚裏までもドライバーを使って外す。捜索の基本である。壁に付けてある洗面棚には外からコンセント用の電線が引いてあって、石膏ボードにはそれ用の穴があいている。その石膏ボードと外壁の間のわずかなすき間にも現金は隠すことができる。その辺りのチェックは、自分でもぬかりはないつもりだった。洗濯機、寝室、ロフト、本棚……、目に付くところは全てひっくりかえし、平岩の妻がまだ寝ていた寝室に押しかけ、ベッドまでほぼ解体した。

なのに、肝心の現金は出てこない。

（おかしい。鏡特官があるって言ってるわりには、出てくる気配がみじんもない）

現金が一千万はある、と鏡は踏んでいた。現金で一千万といえばそこそこのかさ高になる。ダミーの排水ホースに十万ずつ丸めてつっこんだとしてもかなりの長さになるだろう。しかし、今のところそんな不審な箇所は見つかっていない。もちろん、不自然に壁紙を剥がしたあとも見あたらないし、天井裏はロフトになっていて隠しようがない。家族全員分の枕を叩いて調べたが、なんてことはないウレタンの感触以外は感じられなかった。

（ない、ないないない、どこにもない!?）

「ほら、お金なんてないって言ってるでしょう。あったらとうの昔に払ってますよ」

初めは警察に押し入られたかのようにビクビクしていた平岩も、明らかにわたしの顔に焦りが見えたからか、そんな余裕をかましはじめた。

「まだひっくり返すんですか。これって、あなた達が元に戻してくれるんですか？」

「…………」

「こんな乱暴なことして、なにも出てこなかったらどう責任とってくれるんです？」

「家を売るに決まってるだろう」

鏡の言葉に、ひっ、と平岩はじめ、見守っていたその妻と子供が息を呑む。

「安普請だが、四千万くらいで売れる。……いや、駅から遠いからな。建て売りで築十五年。壁紙もヤニで真っ黄色、ペットのマイナスもさっぴいて35ってところかな」

「え、ここ建て売りなんですか。注文住宅じゃなくて?」

そんなことも調べてないのか、とばかりに、鏡が冷ややかな視線をよこした。

「ここの地番を調べたら、十五年前は駐車場だったことがわかる。そこを潰して、隣と向こう隣の三軒が建った。だから住所が同じだろう」

「はあ、そうなんですか……」

「玄関ドアを見れば一目瞭然だ。建具が同じメーカーだからな。一度に三軒建てるのにわざわざメーカーを変える必要性はない。内装もどれも代わり映えしないはずだ。つまり」

と言って、意地の悪い笑みを浮かべた。

「どうしても判らなければ、隣の家を見せてもらって、見比べるという方法もある。風呂釜からキッチンまで全て同じはずだからな」

平岩の顔に、わずかに緊張が走った。瞬きをする間隔が不自然だ。ということは、鏡はすでにこの家のどこに現金が隠されているのかだいたいわかっていて、平岩にゆさぶりをかけているのである。

(もしかして、鏡特官はわざと平岩を挑発して、わたしに現金を見つけさせようとしてるんだろうか。この後、自分が伊豆諸島に異動になるから……)

今月の差し押さえ予定は、この平岩宅で最後だ。ということは、京橋中央署で鏡と組むのもこれで最後。

　彼は七月からすぐに伊豆諸島へ赴任する（たぶん）。ということは、この場をわたしの裁量に任せ出来の悪い弟子に差し押さえのノウハウを伝授しようと考えているに違いない。

（よし、やってやろうじゃないの！）

　俄然、わたしは奮起した。いつまでも上司におんぶにだっこではいられない。これから彼が異動になれば、わたしは一人前の徴収官として一人で案件を処理していかなければならないのである。

（でも、もうめぼしいところは全部見たし……、これ以外に隠し場所なんて全然わからない）

　わからないときは、今まで教えられたことを一つひとつなぞっていくしかない。わたしは、おもむろにダイニングへと続くドアを開け、上部を背伸びして見た。ちょうどドアの厚みの部分にシールが貼ってある。メーカー名と品番がわかるもので、これをいちいち剝がして回る住人はいないだろう。

　大手のT社のドアだ。つまり、この家のサッシやドア、フローリングなどは全てT社製なのだ。ほかの二軒も。

「平岩さん。さっきからわたしたちの後をずっと付いてまわってますよね。やっぱり、なにか心配なことでもあるんですか？」

「いや、べつに」

平岩は、引きつり笑いをした。やはりこの男は金を隠している。そうわたしは確信を抱いた。妻はシロだ。もちろん子供も。彼の家族は現金の隠し場所はおろか、夫が税金を滞納していたことすら知らないようで、いきなり早朝から押しかけてきた税務職員に完全にびびってしまっている。

（マークするのは平岩だけでいい）

ミステリの犯人と同じで、現金の隠し場所を無意識のうちに目で追ってしまう滞納者は多い。だからこそ、わたしは平岩の視線には注意を払っていた。彼は当初、わたしたちが何かをひっくり返すたびに、そこにはない、そんなものはないを繰り返したが、時間がたつにつれて明らかに苛立つようになった。その苛立ちの原因は、「家を荒らされる」ことに対する不満である。もちろん、こちらは相手から感情を引き出すためにわざとやっているのだが。

（見当違いの場所を探していると、滞納者は安心してなにも言わないか軽口を叩く。そのうち苛立ちはじめる。逆に隠し場所に近づけば無口になるもの）

わたしがバスルームへ向かおうとすると、平岩の顔がわずかに固くなった。近い。わたしの直感がそう告げている。

ちらりと視線を鏡に向けた。だが先ほどから鏡はなにも言わない。わたしのすることを廊下にもたれてじっと見ているだけだ。

(隠し場所は、風呂場か洗面所かのどちらかだ)

「そこはさっきドライバーまで持ち出して見たじゃないですか。なにもなかったでしょう」

平岩の苦しい笑い顔には情報はない。視線も変に泳いではいない。ここまでくれば彼自身に教えてもらうしかないので、わたしはさらにゆさぶりをかけることにした。

「この辺りになにかあるんですか」

「……なにもありませんよ」

「でも、あまりここにいて欲しくなさそうですね」

「そんなことありません！　ただ迷惑なんですよ、こんなにも家をぐちゃぐちゃにされて。片づけるほうの身にもなってくださいよ」

逆ギレしてみせるのは怪しい証拠だ。意図的に自然体でいることは難しいが、怒るのは簡単だからである。

このバスルームか洗面所に、平岩が探ってほしくない場所があることは間違いない。しかし、怪しい場所はすでに調べつくしたあとだ。洗濯機の中も排水溝の内部も調べたが、百万円分でも隠せる場所はなかった。タオル入れや妻の化粧水の瓶、シャンプーボトルの内部も怪しい箇所はない。

(鏡特官が、わざわざ建具メーカーのことを持ち出したということは、隠し場所のヒントが平岩があとから家の中に持ち込んだ家具ではなく、もともと家が建ったときにあった備え付けのものだということだよね)

「この家、ドアもサッシもシャッターも全部T社製品ですね。ああ、お風呂も。洗面台もですね」

言いながら、貼られたままのシールを確認する。もし、この家の中で明らかに違うメーカーのサッシやユニットが使われていたら、そこは建築後に家主によって取り換えられた可能性がある。しかし、ユニットバスも洗面台も同じT社製だ。一部だけ新しくなっている様子もない。

(本当に、洗面所で間違いないんだろうか……)

再び鏡を見た。彼はいつもの怒ったハスキー犬のような顔で、平岩の様子をじっと観察している。彼がなにも言わないということは、まだわたしに最後まで探させるつもりでいる。きっと獲物が近いのだ。

（もう一度、固定観念なしに調べ直すしかない。一千万円と思うからいけないんだ。たとえ十万でも、どこかに隠すスキマがあるはず）

ドライバーを片手にユニットバスに突入した。排水溝を開け、浴室乾燥機が頻繁に使われているかどうかを付着したカビや埃で確かめる。鏡の下の棚部分をもう一度開けて中を確かめてみた。ひどくカビだらけだが、カビ以外の何かが入っている様子はない。

風呂場にはなにもなかった。ドラム式洗濯機の洗剤入れ、風呂水くみ上げホースにも異常はない。排水溝は頻繁に使われているようで、中にはヘドロが付着している。とても内部に現金をつめておくことはできないだろう。洗面台の棚に差してあるヘアスプレーやブラシ、鏡の内側の棚、電球にも変わったところはない。もちろん、流しの下の収納も全部出して調べたが、真ん中に排水パイプが通っているだけで特筆する部分はなにもなかった。むろん、この洗面台もT社製だ。他社のものに取り換えられてはいない。

なのに、鏡はここを探せと無言でわたしに指示しているのだ。

（わからない。いったいT社の建具で統一されていることと、現金の隠し場所になんの関係があるんだろう）

こうなったら、お隣を隅から隅まで見せてもらって比べるしかないのだろうか、わたしは洗面台の流しに手をついて、じっとミラーをのぞき込んだ。

そのとき、廊下の鏡と目があった。

（あっ）

わたしは、思わず流しから手を離して、一歩後ずさった。急いで鏡を振り返る。

（そうか。メジャー！）

紙バッグに突っ込んだままになっていた七つ道具の中から、メジャーを引っ張り出した。洗面台の前にしゃがみ込み、流しまでの高さを測る。

九十センチあった。

わたしは思わず平岩を振り返った。彼の身長は百六十三センチのわたしとあまり変わらない。日本人の男性としては標準よりやや低い。妻も小柄だ。当然子供も親よりはまだ低い。ならば。

（間違いない、ここだ！）

もう一度、流し下の収納扉を開けて上を見た。そこは流しのボウル部分が大きく凹んでおり、その中央からプラスチック製のパイプが床へと続いている。

メジャーで、中の高さを測った。八十センチしかない。

「平岩さん、これ、流しの洗面ボウルの部分、二つ重なってますよね」

わたしが言うと、平岩は今度ははっきりと動揺した。

「……え？」

「洗面台の高さは九十センチあるのに、中を測ると八十センチしかない。洗面台の厚みを考えても、中は八十五センチの高さの洗面ボウルが設置されてます。おかしいですね」

「…………」

平岩は不自然に絶句している。

「これ、大きな板で四角に囲って下の洗面ボウルを載せてありますね。更に数センチ、幅も高さもある囲いでそれを隠して、上の洗面ボウルを設置してる。すると、上下の洗面ボウルが重なってその間に数センチのスキマができます。そこになにかあるんじゃないですか」

「なにも…、なにもないですよ！」

「そうですか、それじゃあこれ、外してみていいですか？」

相手の了承を得ずに、わたしは内部のタッピングビスで結合してある木部をドライバーで解体し始めた。

「ちょっと、壊さないでください！」

「壊すなんてしないですよ。ただ変だと思ったんです。このビス、収納部分の内側から外側に向かって留めてありますけど、板一枚にビスをうつなんて変ですよね？」

ということは、この外からは一枚に見える板は、実は二枚重ねになっているのだ。わざわざそんなことがしてあるなんておかしい。なぜなら、この家はあくまで三軒建て売りの標準装備のはず。

そして、この洗面台の不自然な高さ。

「平岩さん、あなたはごくごく普通の日本人の身長をなさっている。そのあなたが、わざわざ八十五センチの標準の洗面台から九十センチの高身長の人用に変えるはずがないんです。あなたにとっても奥さん達にとっても、この洗面台は少し高すぎる。なのに、キッチンの高さは八十五センチのまま。ということは、どちらかが入居後に入れ替えられたということになる。キッチンを入れ替えるのは費用的にも大変ですが、洗面台くらいなら五万ほどですみますよね」

「あの、あの…」

ビスが二本抜けた。両側の板を慎重に内側に倒すと、上に載っかっていたらしい洗面ボウルがぐらぐらと動いた。やはり接着されていない。板の厚みにのっかっているだけだ。注意深く板を倒し、両手でボウルを受けとめた。そのままゆっくりと下ろしてくる。

なにかがぬるっと抜ける感触があった。ホースだ。やはり上にはまだ洗面ボウルがあって、どうやらそこに流れた水を流すホースらしい。直接、下のボウルの排水溝にプラスチックホースで繋いでいるのだろう。

「あっ……た……！」

水垢でやや汚れた洗面ボウルに、何重にもビニール袋と新聞紙で包まれた平べったいものが敷き詰められている。

カシャカシャとシャッター音が響く。鏡が写真を撮ったのだ。

わたしは、その中の一つを手に取るとビニール袋と新聞紙をはぎ取った。まぎれもなく一万円札の束だった。包みは十個以上ある。つまり、一千万。

「ちょっと、それなに？　本当に現金なの⁉」

今まで成り行きを見守っていた平岩の妻が、血相を変えて夫に詰め寄った。しかし、当の本人は魂が抜けたように薄く唇を開いて立ちすくんでいる。

「──午前十時四十七分」

鏡が時計を見て言った。わたしは、思いっきり肺の中の空気を吐き出した。

捜索を開始してから、四時間以上が経過していた。

＊＊＊

今日はデパ地下で高級スイーツを買って帰るのに相応《ふさわ》しい日だ、とわたしは思った。一週間ペットボトルを買わずに冷水器の水で我慢すれば、週末に一つケーキが買える。花の独身二十六歳。週末の予定なし彼氏なし、そろそろ結婚式のお誘いがうれしい反面ちょっぴり寂しい年頃のワーキングガールとしては、この週末のスイーツがなによりの生きる活力なのだ。実際、仕事で結果を出した日とあればいうことはない。

中央線から地下鉄へ乗り換え、京橋中央署のある新富町の駅前で鏡と合流した。それからカイシャへ戻り、今日の報告書と持ち帰った一千万の処理をひととおり終えると、朝早かったせいもあってどっと疲れが押し寄せてきた。

「よくやったな、お前にしては」

長い間デスクで黙っていた鏡がボソリとそう言った。私は瞠目《どうもく》した。彼がわたしを褒めることはめったにないのだが、その日に限ってなぜかわたしをねぎらったのだ。まるで人でも変わったかのように。

「もう少し早く見つけられたらよかったが、まああんなもんだろう」

「あ、ありがとう、ございます」

「今度行くときは開ける前に写真を必ず撮れ。往生際の悪いやつらは、金を奪ってそのまま逃走するからな。大きな差し押さえはチームで入るだろうが、数が足りない時はドアを押さえる役がいるかどうか確認するのを忘れるな」

今度、と彼は確かに言った。明らかに自分がいない状況のことを指していて、わたしはなんだか胸がじんとなってしまった。本当に鏡は伊豆諸島に異動になるのだ。わたしが下っ端のヒラのくせにトッカン付きになったのは、あくまで若手のトッカンを育てる上の方針によるものだから、鏡がいなくなればわたしもただのヒラに戻る。これからはわたしはトッカン付きではなく、おそらく徴収課のチームの一人として徴収官の仕事をこなさなくてはならない。

「がんばります」

言葉に力がこもった。

「いろいろありましたけど、鏡特官には本当にお世話になりました」

「そうだな」

「初めはすごく怖い人だと思ってましたけど……、〝京橋中央署の死に神〟とか言われてたし。顔も怖かったですけど。ハスキー犬みたいで」

「ケンカ売ってるのか」

「でも、事実ですよね」

「お前の財布に穴が空いていることもな。ボロい財布を使い続けていると金が貯まらないぞ」

思わず自分のバッグに視線を落とす。この男は、いつわたしの財布なぞ見たのだろう。

しかし、こんな意地悪を言われるのもあと一週間かと思うと、いつものように心は痛まない。人の持ち物の値段を当てる嫌味な目も、開けば皮肉しか飛び出してこない嫌味な口ともうあと少しでお別れだ。期限が切られていれば人間は耐えられる生き物なのだから。

「機会があったら、伊豆大島の国産コーヒー、飲んでみますね」

しんみりとわたしは言った。

「なんだかすごく興味がわきました。あ、そうだ。よかったら送ってくださいよ。カイシャのほうに。みんなで飲みます」

「ネットで買えるぞ」

「……ぐ。まあそうなんですけど。そういうことじゃなくてですね」

実際、異動の辞令は急なので、送別会をすることもまれになる。特に土地勘のない田舎にいきなり飛ばされた場合、住むところを決めるだけでバタバタして、とても別れを惜しんでいる時間もないのだ。そうやって、ろくに顔もあわせないで去っていった同僚を何人も知っている。

「送別会って、やるんですかね」

「来れるやつがいればやるんじゃないか」

「鏡特官はどうするんですか？」

「さあな」

「住むところって決めました？　さすがに芝だと引っ越しはないか。伊豆諸島に行くとき は官舎ですよね」

ぴた、と鏡がキーボードを叩いていた手を止めた。怪訝《けげん》そうに、そしてどこか哀れみを込めた目でわたしを見る。

「さっきから、なんで伊豆伊豆言うんだ？」

「え、だって異動になるんですよね？」

「誰が」

「鏡特官が」

返ってきたのは、心底馬鹿らしいという風の「は？」だった。

「お前は、いったいどんな根拠で俺を伊豆諸島にエア異動してるんだ？」

「エア異動!?　じゃあ、鏡特官が京橋で暴れすぎて華麗に伊豆諸島に飛ばされるっていうのは……」

「なんで俺が飛ばされるんだ！」

しっぽを踏んづけられたハスキー犬のように彼は吠えた。

「飛ばされるようなことをしてるのは、全部お前だ」

「わたしじゃないですよ！　だいたい、伊豆諸島が好きだから行ってもいいって言った特官が京橋中央署にいるって釜池さんから聞いて……」

「それは、広域の八橋《やつはし》特官だろ。あの人はダイビングが趣味で今まで四回くらい伊豆諸島担当になってる」

「八橋特官!?」

いつも週明けになると不審なほど真っ黒に日焼けした顔で現れる、広域特別徴収官の顔をわたしは思い出した。ごくたまに、彼が週明けに天候不順で船が出なくてどこかの島から有休の電話をかけてくることも。

「ほんとに鏡特官じゃないんですか!?　わたしてっきり……」

「てっきり、なんだ。これで最後かと思って、今日は特別頑張って現金を探したとでも言うつもりか。ご丁寧に、俺がお前を一人前にするために、あえて現場を任せたとでも」

「ぐぐ……」

まさにその通りだったので、わたしは水面の鯉のように口をぱくぱくさせる。

「ふん、なるほどな。それで伊豆大島のコーヒー送れ、か」

定時の鐘が鳴る。

彼は呆然とするわたしを尻目に、さっさとパソコンをシャットダウンさせると、椅子にかけてあったジャケットをとりあげ仕事バッグを肩にかけた。そして、衝立《ついたて》とロッカーで区切られただけのオフィスの入り口でふと足を止め、わたしのほうに声を投げる。

「明日も水飲んどけ。ぐー子」


——それからまもなくして辞令が出た。

わたしはその日、これからまた一年あの悪魔のような特官とつきあう自分を、デパ地下の高級スイーツに慰めてもらった。

むろんこれからも冷水器はわたしのお友達だ。そして、その分で浮いたお金でスイーツを買わねば、この先一年もあの上司とつきあえないのだ。あの鬼悪魔のような、京橋中央署の死に神トッカンとは。

「あー、水おいしいな!!」

——いろんな意味で、伊豆のコーヒーは幻になった。

人生オークション

人生とは、自分を賭けるオークションである。

「あら、もうぐーちゃんそんな歳？　よそん家の子供って見ないうちにすぐ大きくなっちゃうわよね」

と、毎日職場のデスクを挟んでわたしのファンデーションうす塗りの顔を見ているはずの鍋島木綿子さんが言った。

「いえ、〝まだ〟二十六歳ですから」

わたしは即座に否定する。

鈴宮深樹、東京国税局京橋中央署勤務、国税徴収官、入局五年目二十六歳独身。特官課

所属の若造で、トッカン（特別国税徴収官の略）付き。実際のところはトッカン付き徴収官のそのまたパシリくらいのポジションである。異動当初、「ぐ」とことあるごとに詰まっていたことから、ついた渾名は「ぐー子」。

「もう二十六じゃない。ここの署、二年でしょ。早いわよねえ」

「いえ、まだ一年と七ヶ月ですから」

コンビニで仕入れてきた焼きそばパンを自分の年齢とともに噛みしめる。うまい、焼きそばパンってなんておいしいんだろう。朝から納税相談を四件こなし、二時過ぎにようやくカイシャの給湯室で立ち食いしている身にはこれ以上ないごちそうだ。たとえ炭水化物を炭水化物でサンドする悪魔の食べ物であっても。

「我が脳味噌を癒す炭水化物」

「そして糖分よ」

「なんじ我らの敵にして最大の友」

そんな阿吽《あうん》の呼吸でわたしと木綿子さんはため息を吐《つ》く。今日も今日とて、我々所轄の徴収官の仕事に切れ間はない。世の不況をそのまま映し出すかのように、外からどんどん不景気な顔のお客さんがやってきて、我々と顔をつきあわせながら納付期日や延滞税の相談を繰り返す。

ついこの午前中も、最後の客がなかなかに手強く気力をだいぶ削られたので、いまここでなんとかヒットポイントを回復させようと足掻《あが》いているのだった。

その相手というのが、こんなふうなのだ。

「金なんてねえよ」

税務署に来るお客さんの決まり文句である。徴収課のお客さんでこの手の文句を口にしない人はほぼいないといってもいい。

「儲けた分にしか税金がかからないなんて言ってもさあ。こっちは機械で商品作ってるわけよ。その機械だっていつまでもノーメンテナンスで動かせない。突然壊れたりするしさ」

ジャンパー姿の中年男性が唸った。箱崎祐二《はこざきゆうじ》氏。歳は六十八歳、梱包材を作る工場で少しばかり財を成したが、バブル期に調子に乗って関係ない事業に投資し、さらに所有していたゴルフ会員権や証券がことごとく紙くずと化した。

ふたつ、みっつと拡張していた工場を少しずつたたんで縮小再生産していたものの、ついにそれでもまかなえなくなり滞納案件となってしまった。わたしのいる京橋中央署は東京の中でも古い工場が集まる地域を管轄にもっているため、この男性のような工場主のお客さんは特に珍しくない。

「だからころあいを見て投資しなきゃ商売続けていけないわけ。投資、するでしょ。ごく普通のことでしょ。だけどこっちもこのご時世ギリギリの値段で請けてるから儲けなんてないわけだろ」

「そうはおっしゃいますけど、消費税は国庫に納めるべき税金なんですよ。利益じゃないんです」

もう百万回言ってきた言葉を今日もまた繰り返すわたしである。

いわく、〝消費税は収入じゃない〟。

「ですから、自分のお金でない消費税ぶんを投資に回せば、当然こうなるわけです。いまの世の中、延滞税は銀行の利子より高いですよ」

なにをどうもがいたところで、利子は一日一日と増えるばかりである。わたし達に政府の非道をどれだけ訴えても、ただの法の歯車である我々にはなにもできない。だからさっさと観念して払うものを払ってほしい。

とりあえず、親戚に借りれるだけ借りてきてください。親戚は利子をとらないでしょ。でも国はとるんですよ。頭下げて貸してくれるなんて、国よりも銀行よりもやさしいじゃないですか。等々。

しかし、今回のお客さんは存外粘った。

「消費税、消費税って、実際国庫に納めてないやつらだっているだろうが！　一千万以下の零細のやつらはびたいち払ってないだろ！」

と同時に、フロアで納税相談を受けていた、おそらく一千万以下の利益の個人事業主の皆様がびくっとする。

ああ、どうして団塊の世代の皆様はこう、声が大きいのか。そして頭でよくよく考えることなくお口に出してしまわれるのか。喚《わめ》いて物事が好転することが、高度経済成長期には多々あったとでもいうのか。

「そういう法律ですから」

最後はこうだ。税金回収ロボットと言われようが、わたし達は判で押したように繰り返す。これはこの国に住む以上絶対のルールなのだと。

「なにをどう言われようとも、このままでは近いうちに箱崎さんの自宅は差し押さえ、ご自慢のポルシェはレッカーされ奥様の宝石箱の中身は全て公売にかけられ、ご近所さんの目の前で運び出されることでしょう。箱崎さんが税金を滞納していることが周知の事実になってしまいますね」

ここで、わたし達に差し押さえられるところを見られてもいいんですか？　なんてことは絶対に口にできない。恐喝だ、と逆ギレされることもままあるからである。

徴収官にできることは、あくまで冷静に事実を述べるだけだ。差し押さえはする。それがイヤなら親戚に頭を下げろ。

（こっちはもう、あんたが親戚に今まで借りた金額まで調べ尽くしてあるんだ。頭を下げたらまだ引っ張れそうな親戚がいることもわかってる）

だからいままでわたし達は彼の家に差し押さえに行かなかったのだ。工場の資産はとっくに銀行の抵当に入り、自宅もローンが残っている。彼ご自慢のポルシェだって廃車寸前で公売にかけるだけ手間だ。そう、公売はとにかく手続きが面倒なのである。ただでさえ数少なくて絶滅危惧種の評価専門官の仕事を増やすわけにはいかない。

「みんな払ってないのに」

「払ってます」

「日本橋の署は待ってくれるって言ってたぞ」

「では、どうぞこちらのぶんを綺麗にお支払いになってから、むこうにご相談ください」

「なんとかしてくれよ。あんたらプロなんだろ。だったら法律にも詳しいだろ。俺は五十年以上働いて税金を納めてきたんだぞ！」

はい出た。〝あんたらプロなんだろ〟。

「徴収官はコンサルタントじゃないので」

「こっちだって、金があったら弁護士雇ってるわ！」

はいまた出た。決まり文句〝金があったら弁護士雇ってる〟。

「十三日までに振り込んでください」

さくっと引導を渡した。彼のようなタイプにはどう言えばいいのか、対応パターンは、そのつど経験が判断する。このときも、わたしの思ったとおり箱崎氏はそれ以上なにも言わず、うちひしがれた顔つきで帰っていった。

（よし、地雷は踏まなかった）

わたしは今回もベターな選択ができたことに安堵した。高圧的すぎても相手が萎縮する。下手に出すぎても長引くだけだ。その塩梅《あんばい》がケースバイケースで難しい。

「ってな具合でした」

「鮮やかなお手並みだったわねえ。ぐーちゃんもあの程度の団塊のおっさんにはひるみもしなくなったか」

「署にくるお客さんはまだまだ楽ですよ。現金で清算できそうな匂いがあるならもっといいです」

箱崎さんは過去に何度も滞納しているが、こっちがつつくと親族から借金してどうにか完納する。こっちもそれがわかっているからわざと間をおかず、滞納すると即指導に入るのである。あれでなかなか優良なお客さんなのだ。

「たぶん、今回も奥さんのお兄さんに頭下げて借りてきてくれますよ」

面倒なのは、本人が納税する意思を見せず、本気でお金の匂いがない場合である。特に法人の消費税と社会保険料滞納は深刻で、さまざまな取引先にツケを残している場合がほとんどなので、簡単に倒産させるわけにはいかない。滞納処分の停止は最終手段なのだ。

「親族に借りてこいって言うの、すごくこっちが冷酷に感じるだろうけれど、実際どんなに身内が高い利子をとろうが、七・三パーセントの延滞税に比べればずっとマシなのよねえ」

「何百回も口すっぱくして言ってるんですけど、伝わらないですよねえ」

「分納もできるけど、利子税も高いしね」

「最近は銀行のがなんでも安いですよ」

壁に凭《もた》れて、二人して何度目かのため息をついた。木綿子さんがポケットからカロリーメイトを引っ張り出す。

「あーあ仕方ない、今日もお昼休憩とれなさそうだし、これしかないか」

「インフルエンザで三人も休んでますからね」

「この時期流行ると、我々はまだいいけど課税さんは大変そう。最近は春流行るやつもあるでしょ」

木綿子さんは公務員にあるまじき美しい爪のついた指で袋をガッと破り、カロリーメイトを口に運んだ。正確には水で流し込むのだ。

「いずこも同じですよ」

「そうねえ。来月からは窓口が戦争か」

「課税さんがんばって」

「一年生がんばれ」

「二階もがんばれ」

確定申告の時期は、担当部署の課税はもちろん、一年目の新人や窓口のある二階の部署がヘルプに入るのである。

木綿子さんの爪が綺麗になるときは、彼女にお見合いの予定が入ったときである。今までうまく行きそうになっては惜しくも破談が続き、ここ半年の成績はかんばしからず。

「一人っ子のプレッシャーはなかなかのもんよ」

と、長年のお見合い戦士は肩をすくめる。先日木綿子さんは三十九歳になった。その日までに結婚を目標に掲げていた彼女にとっては、いまの状態は己への敗北である。

「ぐーちゃんは言わないのね。結婚しなくてもいいんじゃないですかって」

「そう、ですね。わたしもいつかは結婚したいですし」

「この歳になるとね。腫れ物みたいに扱われることも多くて面倒くさいのよ。気を使って独身貴族を称えられてもね」

「木綿子さんはお見合いを楽しんでいるからいいじゃないですか。趣味なんでしょ」

「そう。そして己への戒めね。月に一度くらい髪をセットしてワンピースで脚出して出かける予定でもないと、週末は居心地の良い実家でだらだらスウェット生活だもの。老眼がはじまると己の白髪も都合良く見えなくなるらしいのよ」

よし、と二人して気合いをいれた。微炭酸果汁入り飲料で口の中を潤し、ハーと息を吐いて口臭を確かめ、給湯室を出る。

すると、いつも署内を巡回するルンバのごときお掃除おじさんが柱の向こうで手を振っているのが見えた。清里《きよさと》署長だ。

「なんですかあれ」

「署長《おやじさん》」

「なのはわかるんですけど、なんでツナギ着て清掃員のコスプレしてるんですか？」

「そのほうがお客さんの様子がわかるからって。先月から始めたみたい。隠密任務なんだって」

「隠密任務……」

京都太秦《うずまさ》映画村のイメージソングが頭の中に流れる。年中ピンクリボンだのチョコだのを配っているわれらがおやじさんこと清里署長が、またなにかおかしなことをはじめたらしい。

「そのうち、わたし達女子にチョコを配り出しますよ。花咲かじじいのコスプレして」

「総務課長の久坂《くさか》さんがまた苦労するわね」

「ですね」

おじさんルンバは見なかったことにして、職場に戻った。

さて、定時まであと三時間半の戦いだ。そのあとは膨大な書類仕事が残っている。

＊＊＊

水町志《みずまちし》おりさんは七十二歳。築地にほど近い明石町《あかしちょう》にお住まいの無職。もとは踊りの先生をしていたというが、今ではお弟子さんもそれぞれ独立し、本人も腰を悪くしてからは舞台からは遠ざかってひっそりと暮らしている。

その事件とも滞納とも無縁そうな老婦人が手押し車を押しつつわが署にやってきたのに

はそれなりに理由がある。相続税の問題だ。なんと彼女、築八十年以上という古い古い一軒家にお住まいだった。明石町の、である。

「あんなところにまだ土地があったなんて、正直びっくりしました」

京橋中央署の管轄は中央区、しかも東京八重洲から京橋、はては浜離宮のあたりとあって、今ではほとんど一軒家を見かけない。もちろん庭のないビルのような店舗兼住宅や、車も入っていけない古い長屋はあるが、水町さんのようなきちんとした（世田谷にあるような）庭付きの一軒家があるとは思ってもみなかった。

「古い家なんです」

水町さんはのんびりと話した。

「父は戦争で亡くなり、母と二人暮らしてきました。母が要介護になったとき、あの家を売ってもっと使いやすいマンションに引っ越せばと、それはそれはたくさんの方に言われましたが、荷物も多く、お教場のある家を手放せず」

幸いにもお母さんが寝たきりになったことはなく、最後は静かに布団の中で冷たくなっていた。九十八歳、大往生だった。

「昔は新富の早《さ》おりと言えば知らないものはいないほど売れっ子の芸妓でした。この家も母が若いころ、ごひいき筋から譲り受けたもの。聖路加《せいろか》病院があったから、このあたりは空襲を受けずにすみました。きっと神様のご加護がある土地なのだと、クリスチャンだった母はここから決して動こうとしなかったんです」

明石町は外国人居留地としても知られる。昔はあんなビル街ではなく、瀟洒《しょうしゃ》な洋館が建ち並ぶ一帯だったという。空襲で焼けなかったため多くがGHQに接収され、やがて更地になりビルが建ち、当時居留地だった面影はいまはもうない。

「あのころはうちも半分はGHQの将校さんがお使いでした。その時、あちらの六角形のサンルームができて、ピアノを置かれ、毎週のようにホームパーティをされていて、私は着物すがたのままお菓子をいただきにお邪魔したんですよ」

そのサンルームがあった一画も、いまは老朽化してしまい、新しい建築基準法の問題もあって手入れすらできず放置しているままだという。

（そう、この辺り明石町っていうんだよね）

明石というと神戸生まれのわたしは兵庫の港町を思い出してしまう。東京の明石町の由来はまぎれもなくあの明石で、きっと全国に伊賀町があるのと同じ理由なのだろう。大昔、ここが切り開かれたころに明石から移住した人たちがいたのかもしれない。

独身で、のんびりと余生を送ってきた水町さんだったが、突然の母の死に悲しみに暮れている暇はなかった。このとんでもなく地価の高い土地に建つ家の相続税の問題がふりかかってきたのだ。

ざっと計算して土地の値段だけで二億六千四百四十万円。二百平米六十坪の小さな土地だが、これだけの値段になるのはここが都心の一等地だからだ。

どんなに好意的に計算しても、これだけの土地の値段では相続税は三千万ほどになってしまう。水町さんにそれだけの預金は当然なく、母親の葬式、関係者への挨拶回り、身の回りのものの片づけなどをしているうちにあっという間に十ヶ月が経ってしまった。

現行の法律では、相続税の取り立てはとにかく慌ただしい。所有者が鬼籍に入ってきっちり十ヶ月以内に納めなければならない。長い間寝付いていれば、親族もそれなりに準備はするものの、今回水町さんの母親の場合は不慮のものだった。

「まあ、この歳ですからいつ逝ってもおかしくなかったんですけれど、病気ばっかりしている私と違って母は大正生まれの人。母のほうが病気一つせずに元気だったんです」

コンクリートとガラスのビルの森に囲まれて、そこだけ時が止まったかのような水町家。よくもまあ、これだけの土地をいままで所有してこられたものだと思ったが、水町さんのお母さんがとある大企業の創業時に出資しており、その配当だけで月に五十万はある。老いた親子二人が特にひっそりと暮らしていくには十分だっただろう。

「今回、どうしても払えないということであれば、このN社の証券を差し押さえることになります。ですが、それだけでは足りないんです。さらにこの配当金なしでは明石町のご自宅の固定資産税をこれから払っていくことはできず、近い将来ご自宅も手放さざるを得なくなると思います」

水町さんはゆっくりと首をかしげながら、そうなんですか、と言った。

「失礼ですが、顧問の弁護士さんはいらっしゃらないんですか」

「それが、なにもかもお任せしていた方がいらっしゃったんですけど、先年お亡くなりになって」

「管理されている会計士さんのご友人とか、もとご贔屓《ひいき》筋の方とか」

「それが、手帳をめくって覚えている限りの方には電話差し上げたんですけれど、みなさんお亡くなりになっていて……」

まあお母さんが九十八歳で娘さんが七十二歳だと、友人知人全滅していても不思議ではない話ではある。

「大変申し訳ない話なんですが、このままでは有価証券の差し押さえ、M銀行の預金二百万円、さらにご自宅も差し押さえなければなりません」

「自宅……、を差し押さえられたら、私はどこに住むのでしょうか。追い出されるのですか？」

「ええっと、すぐに出て行け、ということにはなりません。まず公売にかけて、買い手を捜します。この土地ですからすぐに買い手は見つかると思いますが、そこから新しいオーナーに土地代を支払ってもらい、相続税を国庫に納め差額を水町さんにお返しし、そして残りのお金で新しい家を探していただくということになると思います」

「それは、おいくらくらいなんでしょうか」

「わたし達にもいくら、とは明言できないんです。不動産は評価額の変動が激しいので」

「はあ」

「たとえば、一億円のマンションでも、火事にあえばすぐに下がりますし、一等地にあっても土地が汚染されていてまったく売れなくなった家もありましたし」

大きな声では言えないが、庭に妙な小社《おやしろ》をたててしまったり、ワケアリの井戸があったりして突然価値が下がる不動産は山ほどあるのだ。だから我々としては、あまり不動産は扱いたくないというのが正直なところで。

(なるべく現金で！　あるいは証券で！)

さっと換金できてさくっと終わる、そういう資産を真っ先に差し押さえにいくのが定石である。水町さんの場合はN社の証券に預貯金を合わせてもあと数百万足りないのが不幸だった。

「できれば、その、ご贔屓筋やご親戚関係を回られて、とりあえずお金を貸してもらい完納してしまうのが水町さんにとってもっともお得なやり方です」

「親戚……」

水町さんはまた、今度は反対のほうに首をかしげ、

「それが、伯母も二年前に亡くなりまして……、従兄弟《いとこ》は五年前に大腸ガンで」

「そうですか……」

この歳では従兄弟だっていい歳だ。仕方がない。

水町さんはかしげていた首をゆっくりと上げ、わたしの目をまっすぐ見た。

「これって、分割、とかにできないんですかねえ」

「分納制度はありますよ、五年は利用できますし、審査を通れば二十年引き延ばすことはできます。ただ」

「ただ？」

「延滞税だけでなく、利子税が加算されます」

「はあ……、利子」

「それが、銀行よりずっと高いんですよ！　今時三・三パーセントも利子を取られるくらいなら、ご自宅を担保にして銀行にお金を借りたほうが絶対にいいです！」

わたしは力説した。真実である。そしてここでうまく借入れの方向にもっていければ、この自宅の場所なら銀行がぽんと三千万くらい貸してくれる。完納まで光の速さである。

ここから水町さんをうまく誘導できるかどうかが、徴収官の腕の見せ所なのだ。わたしは言葉を選び違えないよう、いっそう慎重になった。

「ただ、銀行も利子を取るので、一番いい方法はどなたかお身内の方に一時的に貸してもらうことです。水町さんの場合あと七百万円足りないだけですから、のちのちこのお宅を相続される方に借りられるとか、できませんか」

「それが、なんにも考えておりませんで、子供も兄弟もいませんし、だれに相続されるのかもさっぱり。正直死んだあとのことはもうどうしていただいても」

「いや、でもですね。まだ水町さんはご存命ですし、相続税納付の期限は過ぎているわけで」

こうしている間にも一日一日延滞税はかかってくる。三千万の七・三パーセントは考えただけでも恐ろしい金額だ。

（どうしてこうなる前に、あの家を潰してビルかマンションにしておかなかったんだろう。そしたらその収入を積み立てるだけで相続税なんてぽんと払えただろうし、法人化していれば……。わたしだったらあの土地をここまで放っておくなんて考えられない。二百平米あるんだから二十階建てのビルを建てて下層をテナント貸しして、自分たちは最上階に住んで一生働かなくてもいい暮らしを……、いやいや)

いろいろ妄想しても、それはわたしがある意味毎日毎日この手のケースを手がけている税金のプロだから言えることで、一般人にはハードルが高いことはわかっている。それに、水町さんの場合、たまたま住んでいた土地が超一等地になってしまっただけのこと。証券の配当金だけで何十年も暮らしてきたのだからお嬢様と言えないこともないが、その配当金だって普通のサラリーマンの月給ほどだから、自分のことをそんなにリッチだとは考えていなかったのだろう。

そう、リッチな家に生まれた人間は、まず税金対策を覚える。だからこんなケースはほとんどない。相続税で意外に長引くのは、親の所有していたビルを兄弟数人で相続する場合、とかである。複数あった場合はまだしも、マンション一部屋や自宅一軒など分割できない場合は兄弟間親戚間で骨肉の争いに発展し、結果なかなか売りに出せず、相続税の納期を過ぎてしまったというケースが多いのだ。

(相続税は揉める。ひたすら揉める)

それに比べれば、水町さんのケースはシンプルだ。だからなるべく早く身軽にしてあげたい。

「ご自宅を相続される方がわからないということであれば、弁護士さんに依頼すればすぐ調べてもらえます。そこから、お身内の方との交渉もまかせられると思います」

「だれに相談すればいいですか。税務署さんと提携されている弁護士さんはいらっしゃらないんですか」

「私どものほうから、どなたかを推薦することはできないんですよ」

裁判所には破産管財人という提携弁護士がいるが、残念ながら税務署にはそのシステムは導入されていない。いっそあればいいのにと思うこと多数である。

(そうしたらこういうケースは提携弁護士にぜんぶ申し送りして、あっという間に終わるのに)

「固定資産税のこともありますから、区の相談窓口から当番弁護士さんを紹介してもらえばいいと思います。こちらに案内が載っていますので、電話をするか、直接区役所の窓口に行ってください。ですが弁護士費用等かかる場合がありますので、直接いままでご縁のあった銀行に行っていただくのも早いと思います」

「はあ……」

水町さんはわかりましたとプリントを数枚受け取ると、ゆっくりと手すりを伝って階段を下りていった。

「連絡がつかない？」

「はい……」

わたしは判決を受ける被告人の面持《おも》ちで、上司のデスクの前に立っていた。

「関係ない、さっさと全部差し押さえてしまえ」

鏡雅愛、三十六歳。京橋中央署特別国税徴収官。本店こと東京国税局の特別整理部門から出向中の、仕事はできるがやりすぎてやや問題児扱いされている、わたしの直属の上司である。

「預金と証券全部おさえても、あと七百万足りません」

「なら、自宅差し押さえだ。一等地だろう」

「本人が処分する気があるようでした。銀行からの融資が期待できたので公売にかけるよりはと今日まで待ちました」

「公売担当の仕事を増やしてやるな。なんでそのばーさんは銀行に行かない。明石町の土地だ。どこの銀行でもホイホイ貸してくれるだろうが」

「ご親戚を回られている可能性があります。分納の話もしましたが、利子税のこともあるので、いずれあの家を相続される方に借金はできないかと」

鏡はマグカップを持ったほうの手を動かして、自宅へ押しかけろと指示した。わたしはやや項垂《うなだ》れたますごすごとデスク前をあとにする。

ま、こうなるだろうとは思っていた。鏡は相手が老婦人だろうが病人だろうが容赦する男ではない。余命三ヶ月の男性から全財産を奪った前歴もある。その時も、

「三途《さんず》の川の渡し賃も残してやるな」

と、血も涙もないことをのたまって我ら特官課の人間をドン引きさせた。

(なんとか説得しなきゃ。ぜったい融資が見込める担保なんだもん。みすみす公売なんかにかけて、変な業者の手に渡ってほしくない)

それにつけても自分のミスを呪った。水町さんが音信不通になったということは、なんらかの理由で税務署とかかわりたくない、つまり自分と話したくないということなのだ。あの納税指導でミスがあったとしか思えない。

(いったいなにが地雷ワードだったんだろう。考えられるかぎりの方法を、押しつけがましくなく提示できたと思ったんだけどなあ)

書類を用意してバッグにつめていると、後輩の徴収官、〝はるじい〟こと錦野春路《にしきのはるじ》が営業から帰ってきた。

「ぐーセンパイ、いまから外回りですか」

「そうなの。ああ、寒い。二月にパンプスで外回りなんて死んじゃう。ハイカットスニーカー買うべきかな」

「わかります。自分も遠目にはまっ黒に見える外回り用のブーツ、バーゲンで買いました」

はるじいは片足をあげてパンツの裾をひっぱった。ふくらはぎの真ん中まである黒のミドルブーツだった。底もクッション性があってあたたかそうだ。

「あっ、それいいなあ。この時期の外回りって、スニーカーに替えても足がすーすーして寒いんだよね」

「いまのうちにバーゲンの残りチェックするべきですよ。まだいけます」

「でも、いまの時期デパート行ったらぜったいチョコ買っちゃう」

「買えばいいじゃないですか〜。バレンタインデーは自分に花束をあげる日ですよぉ」

二月頭の百貨店はどこもバレンタイン商戦真っ盛りである。あの人混みをかき分け高級チョコを自分のために買い、セールの売れ残り七割引商品を目を皿のようにして探すか、それとも大人しくインフルエンザに怯えて引きこもるか。

チラ、と鏡のほうを見た。いつも彼が不機嫌に寝不足を重ねたような顔で凝視しているのは、わたしが抱えているものとはまったくレベルの違う案件である。特官課には特にややこしいお客さんばかり集められていることが多く、どこの署の特官もカイシャにいない日のほうが多い。

国税の本丸である国税局の徴収は、徴収課のほかに特別整理部門（トクセイ）と呼ばれる部署があり、そこはすべて複数の専門チームによって構成されている。法律のエキスパートもいれば国際関係に強い人、バイリンガル、訴訟関係の専門家など、税大（税務大学校）で受ける専門課程を履修したり多くの経験を積んできた有能な人材が集められている。言い換えればどんな事案が発生しても、かならずエキスパートがいるので一人であれこれ調べなくてもいい。本店の特官課ともなると、お客さんは芸能人やマスコミ関係、はては外国の有名企業などスケールも一気に大きくなる。

（そういや鏡特官は、本店のほうが長いんだっけ。あれだけ本店と支店をいったりきたりしてるのに、いつ税大で三つも専門コースとったんだろ）

本店とは違い、所轄のトッカンはとにかく忙しい。局のようにすぐ横のデスクに有能な専門家が座っているようなこともない。有能な人材ばかりを局に集めると所轄の士気が下がるため、本当にできる人は本店と所轄をそれはもう頻繁に出たり入ったりするのだという。

わたしは今年で入局五年目。そろそろ専科にいってこいとお呼びがかかるころだ。

「営業行ってきます」

ホワイトボードに明石町、とだけ書き込んで三階をあとにした。鏡特官はまだ同じ顔をしている。よほど面倒くさい案件らしい。

（まあね、うちは銀座があるし、東京駅もあるし、ユニークなお客さんが本当に多いんだよね）

署にも土地柄というものがあり、噂に聞くと兜町の所轄はお客さんの言い分も切った張ったのとなかなか肝が据わった人が多いという。東京の場合小売り店も多いが、地方と違って問題になりやすいのが相続税だ。えのきのような細い細いビルでも、場所によっては何億とするからである。

やはり、東京は特別な都市だ。途方もない。

＊＊＊

「明石町の一軒家⁉ なに、そんなものまだ残ってたの」

わたしは神保町署の評専官のひとり、松桐《まつきり》さんに少しだけ時間をもらい、当の水町さんの自宅に関する書類を見てもらった。

松桐さんは迫力のあるスキンヘッドが目印の評価公売専門官である。評専官というのは、税大で特別な科目を履修した専門官で、全国に三十人弱いる。たいてい大きな署に三名ほど所属していて、広域をうけもち、我々徴収官が差し押さえてきた、あるいは差し押さえようとしている資産の評価をするのが仕事である。

「これはすぐ売れるからべつにいいけど、すぐ売れすぎるからいまのうちに本人がどうにかしたほうがいいよ。公売なんてやるもんじゃないじゃん」

「ですよねえ」

うんうん、とわたし達は頷《うなず》いた。公売というのは差し押さえた資産を換価するためのオークションで、最近はネットオークションを利用することも多くなってきた。今はこのオークション型の競り売りと入札の二タイプの公売がある。不動産はたいてい後者だ。東京だと、本店に専用に使用する会議室があり、たいていは地域の業者に声をかけて行う。

これが宝石や絵画など趣味嗜好性の高いものは、専門に扱う業者も違うため、最近はネットオークションに切り替えることも多くなった。

「公売は、あくまで公売価格だからね。評価の七割くらいの値段で売ることになる。山とか島とかならともかく、うちでやっても、この人の何の得にもならないよ」

いい土地なのに～、と松桐さんはため息をついた。

「どうです、ほかのオークションのほうは」

「うーん、まあぼちぼち」

「今、山とか島って、売れるもんなんですか？」

「最近は少ないよ。売れなかったら差し押さえ解除しなきゃいけないし。見積もり出して、通知してって手間暇ばっかかかるからね。考えなしに差し押さえんなって現場には言ってるみたい」

「昔はそこそこ値がついたから、それで物納できるって思ってる人多いですもんねえ」

バブルの時代は、山の中に多くのレジャーランドやゴルフ場などが造られたため、買ったときの値段そのままだと思っている業者や滞納者は多い。結果相続税の物納をそれらで行おうとするが、我々はいまや一円にもならない山などいらないので、当然換価しやすい自宅や預金を差し押さえる。そしてたいてい相手は話が違うと怒り狂い、税務署に怒鳴り込んでくるのだ。

そうなると、行き先は国税不服審判所という税金専門の裁判所である。そこで結果が覆されることはほとんどない。はっきりいって訴えるだけお疲れ様なのだが（ちなみにひっくりかえる可能性はゼロではない）、そうは思わない人たちのほぼ無駄なあがきによって、今日も不服審判所はフル活動している。

「コレ、どうして、もっと早く不動産屋に売らせなかったの」

「それが、何度電話しても連絡がつかなくて」

「んじゃ、とりあえず通知だな」

公売予告通知書を滞納者に送りつけ、その間に資産の見積もり価格を決定する。価格が決まれば正式に公売の通知を行う。水町さんの自宅のように価格が比較的決めやすい不動産なら、あっという間に手続きが進んでしまう。

「そういえば、松桐さん。この前オークションに出してたすんごい悪趣味なドレス、あれ売れたんですか？」

講演会などでお稼ぎだった某声楽家が個人事務所ぐるみで脱税し、追徴課税をくらってその分が払えずあえなく財産差し押さえとなった。ところがホストクラブで散財していた声楽家にはまったく預金はなく、自宅は借家で事務所兼用。しかたなくすごいサイズのドレスや宝石を差し押さえたが、ジュエリーやブランドバッグはさておき、とりあえずと差し押さえたドレスが売れたのか気になっていた。

「いくつかは売れたよ」

「えっ、ほんとに？　あのじゃらじゃらで金ぴかで肩のフリルがすごくて、あんなの着てステージに立ったらしゃちほこが歌ってるようにしか見えないって、みんな言ってたやつ……」

「ああ、あれはねえ」

松桐さんはひそ、と声を落とし、

「あのバイヤー、多分中国人」

「出た、中国！」

「最近外国人が公売のネットオークション張ってるらしいから。もちろん代理人は日本人だけど、さっさと現金で払って祖国に持って帰るって」

「さっすが……」

「べつに俺たちはいいのよ。日本円さえ置いていってくれたらさ。だからって山とか田舎とか迂闊《うかつ》に安価で出すと外国人に買われるから、そこは厳しくしないとだけどさ。それより問題は俺たちのほうが追いつかないってことだよ。なにが財産か、どんなものに価値があるのか、日々いたちごっこだもん」

松桐さんが言うには、最近はアニメのフィギュアやコスプレ衣装、人気漫画家のスケッチ画などの価値を勉強する会などが本店主催で行われているのだという。今まで考えもしなかったモノに価値がつくような時代になったのだ。

「だってねえ、額の中に入れて飾ってあるならわかるよ？　でもそのへんの百均のクリアファイルにいれてあるだけの破ったスケッチブックの一枚の価値なんて、知ってないとわからないじゃない」

「ああ、そうですよねえ。税大の教科書に載ってたジョン・レノンのサインが入ったピックの話も、そもそもいまの人、ジョン・レノンを知らないし」

「有名人も日々変わるし、麻薬で捕まったホームラン王のサイン入りユニフォームなんて、今と一昔前とじゃ雲泥の差だよ。ま、でもそういう人でも根強いファンやマニアはいるからいいんだけどさ」

わたしに水町さんの自宅の書類を返しながら、松桐さんは声を潜めた。

「これ、早く行ったほうがいいよ。嫌な予感がする」

「えっ、どうしてですか」

「この前、とある地方の局であったんだよ。駅前の広い一軒家で、ここなら換価しやすいからって大目に見てたんだ。何度も指導して、早く売るようにって。こっちもいざとなったら差し押さえて売っぱらえるからってゆったり構えてたら――」

「構えてたら」

松桐さんが首がしまる仕草をして、わたしはひっと首をすくめた。

「まさか、じ、じ……」

「そのまさか」

ただし、松桐さんの話の対象は人間ではなかった。その家の主がどうしても引っ越せなかった理由は、屋敷に住み着いた三十四以上もの猫のせいだったのである。

追いつめられた滞納者は、毎日猫を殺してはその遺骸を庭に埋めた。そうして猫は一匹もいなくなったが、その後、土地を買った業者が上物を壊す途中で庭から大量の動物の骨を見つけて仰天した。

当然、そのことは漏れて人の知るところとなり、念入りにお祓いをしてビルが建ったあとも、なかなかテナントは入らない。

その後、この業者は国税局に対して不服を申し立てた。業者は元所有者にも損害賠償請求を行ったが、そのころには元所有者の老夫婦は地元から姿を消していた。

世にも奇妙な、差し押さえ物語。

「オカルトじゃないですか！」

「だから早く行けっていってんの。その元芸者の娘のばーさんが首くくってたらどーすんだよ！　さしもの明石町の一等地だって値が下がるだろ。後味悪いだろ」

「い、行ってきます!!」

ものすごい勢いで回れ右をした。ここで水町さんの身になにかあったら、死に神の名をほしいままにするのは鏡だけではなくなりそうだ。

(それでなくとも、日光で死体を発見してから、いろいろあったのに)

鏡と組んでからというもの、一番最初に起きた大事件が工場を経営する夫婦の自殺未遂。それから勤労商工会には訴えられ、築地の酒屋の地下からは滞納者の死にかけの夫が発見され、あげくのはてにあの日光の死体である。

鏡と鈴宮の行くところ死体が出る。そんな不名誉な陰口を叩かれつつも、わたしは以前よりはずっと図太く、ふてぶてしくなっていた。トッカン案件なのだから、少々やっかいな相手でも仕方がない。たしかに、こう短期間に死体やほぼ死体や死体寸前事件が起こったのはまことに遺憾ではある。遺憾ではあるが、事実なのだし、そもそも東京は人口が多いのだから滞納だって地方よりずっと多いのである。

(そもそも人は死ぬ。わたしはわたしの仕事をしていればいい)

同情するのは徴収官の仕事ではない、とわたしは何度も鏡に口酸っぱくいわれてきた。当初はなんて血も涙もない人なんだと思ったが、いましみじみと彼の正しさを思う。

わたしの仕事は、滞納を少しでも少なくすることだ。正しく納税している人々のためにも、滞納者に一日も早く完納してもらえるよう、努力することだ。同情しても滞納額は一円も減らないし、相手のためにもならない。

文句があるなら訴える場所があるだけ、滞納者の権利は守られている。そもそもこのルールが間違っているというならば、国会議員になって立法府で働いてもらうしかないのだ。

(でもまあ、本気でそのルートを行くつもりの、自称正義の味方もこの世にはいるんだよねえ)

どういうつもりだか知らないが、署あてに年賀状を送ってきた、弁護士の吹雪敦《ふぶきあつし》のことをわたしは思い出していた。

〃いまの会社を辞めることになりました。今年からは京都と東京を行ったり来たりの日々になりそうです。

ゴハンでも行きませんか？　またお会いしましょう〃

「なんでわたしがおめーとゴハン行かなきゃなんないんだよ！」

勤労商工会と言えば税務署のやり口に文句ばっかりつけてくる天敵である。そこの顧問であり、弱者の味方、正義のヒーローをうそぶく辞め判弁護士など、たとえ銀座の寿司でも並んで食べたくはない。

（いや、銀座なら三十分ぐらいは……。いやいやしかしそもそもだれかに奢《おご》ってもらうのはタブーなんだから銀座の寿司なんて一生無理！）

顔はそこそこだが完全に頭のおかしいあの男が、なにを企んでこんな年賀状を送ってきたのだか知らないが、心の中で全力で塩を撒くのみである。

わたしはいいかげん履きつぶした黒のパンプスを小学生のもっているような靴袋に入れ、代わりに底の削れたスニーカーに履き替えて、ビル風のうずまく二月の都会へと繰り出した。

中央区明石町と言えば聖路加国際病院が有名だ。日本で最初の総合病院であり、現在でも都内屈指の総合病院として知らない人はいないだろう。水町さんの自宅は、そんな聖路加病院関連の大学施設が集まる都会の一角に、ひっそりと、いや、ある意味存在感を醸しだしていた。

「うわ、見事なまでのビンテージ」

ピカピカに光るガラス張りの高層マンションとビルの間に、町屋風に道にべた付けになった木造住宅が一軒挟まっている。瓦葺きに少し手を入れて小料理屋などに貸せば人気が出そうな風情である。平入り二階建ての長屋形は佃島や水天宮の近く、築地にもぽつぽつあるが、それでも年々少なくなっているのは確かだった。

（昭和四年築か。同じくらい古い建物でも、ジョゼの住んでいる西洋風の建物とはだいぶ違うなあ）

日本橋のレトロビルで財務省の官僚と同居している変わり者の弁護士のことをふと思い出した。あのあたりも戦火を免れたからか、このような古い和風建築がいくつか残っていて、漬け物屋や観光客が喜びそうな外装のカフェになっている。

しかし、日本橋と明石町では街そのものが違う。近代的なガラスの森の底で、水町邸はまるで洋服を着ることを頑《かたく》なに拒絶したまま年老いた女性のようにそこにあった。

「えっと、入り口、ここであってるのかな」

古いガラスのはまった引き戸の内側はカーテンがかかっていてよく見えない。たぶん、この表側は昔なにかの店だったのだろう。しかし看板もなく、二階の窓も木製の雨戸が閉められていて人の住んでいる気配はまったくない。呼び鈴もなさそうだ。

しかたがないのでポストを探した。こういうときはポストがいちばんの情報源であることくらい、徴収官三年目といえども身に付いている。

（一度でも税務署に来たってことは、ポストがどこかにあって、差し押さえ予告を見たってことなんだから）

しかし、ポストらしきものはどこにもない。たいていこういう長屋には昔ながらの朱色の郵便ボックスが備え付けられていることが多いのだが。

「しかたがない。乗り込むか」

ここで引かずに人様の家にどんどん不法侵入するのが徴収官の正しいお仕事である。一応声かけをし、ついでに電気メーターが動いているのを確認して、あることに気づいた。

（室外機がない）

こういった長屋はカステラのように一軒一軒が繋がっているため、室外機を置く場所がない。となりのマンションは道路側にすべて申し訳程度のバルコニーがついていて、そこにエアコンの室外機が設置されている。ビルはおそらく全館空調で、屋上に山ほどの室外機がまとめてあるパターンだろう。しかし築八十三年の水町邸はそういうわけにはいかない。

（どこかにあるはずだ。いまどきこの東京のビルの谷間で、夏エアコンなしで生きていけるはずないもの）

マンションと、水町邸と、ビルを交互に見比べているとあることに気づいた。玄関の反対側、マンションとの境界線にドアがある。わずか八十センチほど、ビルとの間だが木製の壁でふさがれており、引き戸になっているのだ。

（この奥、通路になってる）

左側に戸をずらすとあっけなく開いた。奥はぽつんぽつんと敷石がある以外は玉砂利がしきつめられている。神楽坂の看板を出していない料亭のようだ。身を小さくして奥へ進むと、そこにもうひとつの玄関が現れた。

（ポストがある。そうか、郵便配達人はここまで入ってこられることを知ってるんだ）

表の建物とは繋がっているようだが、こちらには銅製の雨樋《あまどい》の下にちいさな雨水受けの鉢があり、朱色の金魚が泳いでいる。人が住んでいる証拠だ。

「こんにちは」

声をかけたが返事はない。呼び鈴もない。

さらに玄関の引き戸を開けた。間口だけは広めで、ぽつんと置かれた古そうな屏風が来客の視線を遮っている。

「こんにちは。水町さんはいらっしゃいますか」

カッチカッチという機械音だけが、黒飴のようなつやのある色の廊下に響いていた。古いSEIKO製のボンボン時計。実家の和菓子店にあったものとよく似ているように思う。

もっとも、あれもいちいち手巻きはめんどうくさいと、父が中は電池式に替えてしまったが。

（水町さんが毎日、ネジを巻いているとは思えないし、あれも電動なんだろうな）

黄色く変色した電話線のパネル、昔はどこの家庭にもあったはずだが、いつのまにか姿を消した電話台。鮭をくわえた木彫りの熊の置物。土壁の窪んだ部分にちょこんと置かれた青磁の一輪挿し、そして生けられた水仙の花。

（なんだか、ここ、知ってる）

初めて訪れたはずなのに、どこか懐かしさを感じる。いまはもう、古い古い旅館や田舎の家でしか見ることのない空間がそこにあった。

わたしは少しの間、家主を呼ぶのを忘れて、自分がタイムスリップしたような気分になっていた。すると、

「どうぞお入りになってください」

奥から声がした。

「あのう、京橋中央税務署の鈴宮です。ここは水町さんのお宅ですよね？」

「そうです。お入りになってください」

そろそろとスニーカーを脱いであがると、板の間の冷たさに飛び上がりそうになった。

しかし、徴収官の七つ道具の中には携帯用スリッパもあるので準備万端である。

声のしたほうへゆっくりと足をすすめる。

「入ってもよろしいでしょうか」

「どうぞ」

障子の引き戸を開ける。石油ストーブの匂いとともに温かい空気が顔にぶつかった。

（明るい）

北側が全面障子戸になっていた。その中の一部だけ大きな扇の形にくりぬかれた土壁があり、扇の窓の向こうに松の緑が見える。畳敷きのがらんとした部屋は二十畳ほどあって、神棚のほかはなにもない。

水町さんは、その日本間と繋がっている六畳間のテーブルこたつに座っていた。

「出むかえもせずにごめんなさいね。いま足が動かなくて。この前まではしゃんとしていたのに、水がたまるとすぐにこうなるの」

そこは仏間らしく、部屋と部屋の間にあって、ちょうど扇の窓からひと坪ほどの庭が見られる位置にあった。

（エアコンがある）

ということは、室外機はこの窓の外だ。

「冬は一日こうして座っているの。自分が動かないものだから、だれかが来ると表の引き戸のあたりでもわかるのよ」

そう言って、手押しワゴンの上の古い給湯ポットから急須にお湯を入れた。

「あ、おかまいなく」

「ごめんなさいねえ。でもでがらしでも美味しいお茶なの」

コポコポコポ、と湯が汲まれる音すらなぜか懐かしい。そういえば、この手のポットも最近は見かけなくなったように思う。ティファールなどの瞬間湯沸かしポットが安価で普及したせいだろう。

手押しワゴンには、小さな炊飯器とポットのほかに、お茶の缶や醬油、そして一人分の食器が布巾の上にふせられてあった。なにもかも、手が届く位置に置かれている。ということは、水町さんの足は相当悪いのだろう。

「お茶を淹れることくらいしかできなくなっちゃって。歳をとるっていろいろ不便ね。この前亡くなった母のほうがしゃんとしていて、亡くなる前日も台所に立って大根の皮を剝いていました。娘なのに私のほうが老人みたいって二人で笑っていたくらい」

「今は、どうされてるんですか？」

「幸い、買い物を代行してくださるボランティアの方がいて、週に二回見回りも兼ねて来てくださるんです。薬をもらいに病院にも行くから、ほかの買い物は聖路加に」

「えっ、病院に？」

「聖路加病院の中にコンビニがあるのよ。コーヒー屋さんもね。なんでもあるし、ゆっくり座る場所もたくさんあるし、万が一倒れてもいいから、買い物行くならあそこにしなさいってヘルパーさんに言われてね」

数年前に聖路加病院が綺麗になったことは知っていたが、中に入ったことはなかったので、コンビニやカフェまであることに驚いた。たしかにあれほどの規模の病院なら、ATMや衣料品などを売る店舗が入っていてもおかしくはない。

「ごめんなさいね。わざわざ来ていただいて。相続税のことでしょう」

「はい」

「お電話いただいていたのも、そうかなと思ったの。でもこの部屋の子機の調子が悪くて、玄関のほうは音が鳴るのに、すぐに切れてしまうのよ」

「バッテリーの寿命じゃないでしょうか」

「えっ、バッ……？」

「子機の裏に電池みたいなものが入っていますよね。だいたい五年くらいで替えないと、ここに電気を溜めておけなくなるんですよ」

水町さんは、はあ、まあそうだったの、そうなの、と過剰なまでに驚いてごめんなさいを繰り返した。

「私、そんなことも知らないで……。おはずかしいわ」

「いえ、よくあることです。今度ヘルパーさんに、この型番と同じ電池を銀座の東急ハンズで買ってきてもらうといいですよ」

少なくとも水町さんがわたしからの電話を意図的に無視したのではないことを知って、少し心が軽くなった。

「それで、今日お伺いした件なんですが」

「はい。税金のことですね」

「あの後、銀行や区役所などには行かれましたか」

水町さんは黙って首を振った。

「銀行さんなら、向こうから出向いてくれると思いますよ」

「………」

返事がない。ゆっくりとお茶を注ぐふりをしながら、彼女は明らかに返事を濁している。

「銀行に、お金を借りたくない理由があるんですか?」

わたしはぶしつけながら、水町さんの横顔をじっと見た。踊りの先生をしていたというだけあって、所作がきれいで顔立ちも年齢よりは若々しい。家にいるだけなのに薄化粧をして髪を整えていることに、彼女の生き方を見たような気がした。

「税務署に伺わないといけないのはわかっていました。でもどうしても手押し車を押している姿を見られるのがいやで」

「タクシーでいらっしゃればよかったのに」

「そんな、税金を滞納しているのにタクシーなんて」

変なところで律儀だ。

「もう七十二ですから」

先も長くないですから、と彼女は言う。

「あと一年、二年だったらうやむやに、このままここで死ねないかと思いまして」

「そうお考えになる気持ちもわからないではないですけど、このままだと確実にこの家は公売にかけられ、どこの悪徳業者かわからないような輩《やから》に買われてしまうことだってあります。一年も住んでいられないですよ」

「そうなんでしょうねえ……」

まるで他人事のように言うので、わたしはおやと思った。水町さんの表情からは、少しの焦りも罪悪感も感じられない。

「銀行さんはねえ、バブルのころにたくさんこの家にいらっしゃいました。中には、母がある銀行の頭取さんの囲いものだと吹聴する人もいました。みなさん、私達にここを出て行ってほしくて、そりゃあいろんなあの手この手をつかってこられましたよ。悪い噂を流す人、新しいマンションを用意するから、と言う人。一番多かったのがここを壊してマンションを建てて最上階に住めばいいってね。でもお稽古場だけは手放したくないって母が譲らなかった。もちろんこの場所から移るのももってのほか」

「お稽古場はいまも使っていらっしゃるんですか？」

「もうほとんどないですね。弟子も踊りをやめてしまったり、あの世に行ってしまったり。この歳になるとなにもかもなくなってしまいます。ほんとうになにもかもです」

「でも……」

このお稽古場を残したくて、この場所にこだわっていらっしゃるんですよね、とはさすがに口にはできなかった。いや、水町さん本人もそれがただの妄執だとわかっているのだろう。

「母はばかだったと思いますよ。あのバブルのときに開き直ってここをビルにしていれば。もともとさる御方の妾宅だったのは本当なんですから。その方はもうとっくにお亡くなりで、身寄りのない母にこの家を残してくださって。私とはおそらく血のつながりもない方ですけど、ほんとうに感謝しているんです。でも、母は古い新富の女だったんですよ」

こんなこと、お若い方にはわからないでしょうけど、と水町さんは言い添えた。

「母にはたくさん、たくさんのおなじみさんがいて、毎日綺麗なおねえさん方がここに出入りして、私は母の手料理の味なんて知らずに仕出し屋さんのごはんで大きくなって。ここはいつもおしゃみの音と地唄とおしろいの匂いに満ちていました。でもね、みんな、みんな亡くなったんです。あの空襲で途方もない数の芸妓さんも、ご贔屓さんも。ここだけが焼け残った。私達は二人ぼっちになりました。母はずっとそのときのことを忘れられないでいたんですね。私が一度目の結婚をするときも、ぜったいに近くに住んでくれといいました。正式な妻にしてくれるならどこへでも嫁にいきなさいというわりに、一人目の夫を病気で亡くして、二人目、三人目の夫と離婚して、そのたびにここへ戻ってくると、こう言うんです。ほらね。やっぱりここにいればだいじょうぶなのよって」

わたしは黙って、聞き役に徹する。相づちを打つことさえ必要とされていないことはわかっていた。

「だから、なんとなくだいじょうぶのような気がしていたんです」

そうですか、とわたしは言って、湯飲みには口を付けず、ただ指先から暖をとっていた。

(なるほど、やっぱり理由はひとつじゃなかった)

水町さんの話を整理すると、銀行に行ってこの土地を担保にお金を借りなかったのは、バブル時代に地上げをされてとてもいやな思いをしたせい。税務署に来なかったのは、足に水が溜まって歩けなくなったせいで、この家を売りたくないのは、思い出の地である日舞のお稽古場があるせい。

しかし、一番の要因は何十年と母親の「ここにいればだいじょうぶ」という安全神話を聞かされているうちに、そうだと思いこんでしまっていることのようだった。

（うーん、これはいちばんやっかいなパターンかもしれないなあ）

水町さんは、いうならば母親から「ここから動けば不幸になる」という呪いをかけられてしまっている。実際親子は空襲でたいへんな思いをしているし、水町さん本人は三度も結婚したのにいずれもうまくいかず、ここへ戻ってくることになった。しかも、この時代に親子二人でろくに働かずに生きてこられた。これだけの理由があれば、二人が自然と「ここから動いたらいけない」と思いこむのもわからないでもない。

「でも、どのみちこのままではここから動くことになるんです。なんとなくだいじょうぶにはなりません。残念ながら」

「そうですよねえ」

「いまならまだ間に合うんです。この土地を担保にお金を借りてそれで相続税を払ってしまう。水町さんがお亡くなりになれば銀行はこの土地を接収してしまいますが、水町さんは死ぬまでここにいられます」

バブルのころ、どんな地上げにあったのかはわからない。あの時代に女一人子ひとりで、しかも職業が芸者とあっては、わたしなどには想像もつかないひどい嫌がらせを受けた可能性もある。

焼け野原だった東京が巨大なビルの森として栄え、やがてバブルがはじけてお祭り騒ぎが終わっても、彼女たちはそれすらも気づかない。彼女らの時は何十年も前に止まってしまっているのだ。

たしかに彼女の歳にもなって、いまさら生き方を変えろというのは難しいし、酷だろう。しかし相続すれば税金はかかる。だれであっても平等に。

「なにもかも変わってしまうってことは知っています。鈴宮さん、変わってしまうってことはね、捨てられるってことです。昔みんなが持っていたものを、もうだれも持っていないでしょう。和服も、扇子も、下駄も草履もみんな持っていたけど、捨ててしまったんですよね。そうやって新しい世を生きていくんだってことはわかってます。でももうこの歳になったらねえ、新しいものはなにもいらないんですよ」

「銀行にいい感情をお持ちでないことはわかりました。でも、お金を借りるあてがないなら銀行か、公売にかけられてここを出て行くかのどちらかしかありません」

我ながら、こんなか弱い老人相手に脅すようなまねはしたくないと思いつつ、すべきことはする。

バッグの中から封筒をとりだした。中身は一枚のコピー用紙。

「公売予告通知書です。もうこの家は国に差し押さえられていますので、厳密には水町さんのものではありません」

「いつ売られるんですか？」

「これから少し手続きをして、でもすぐです」

公売が面倒くさいのは、正確に評価をするために専門の業者を入れなくてはならないからだ。その予算をとるのに手間がかかる。

「この土地は一等地ですから、公売をしますと公告して、業者に通知を出します。次に見積価格を国税局のフロアに貼り出します。公売実施日に入札で買い受け金額が決まり、売却が決定すると一括で納付が原則です。不動産の場合は登記を外部業者に頼んで、権利を移転します。もちろん、残余金はお返しします」

「そうですか」

「あの、何度も言うようですが、普通に不動産業者を介して売ったほうが、売る相手も選べますし高く売れるんです。公売は、水町さんにとってなんのメリットもありません」

「はい、そうですね。わかっています」

「あの、くりかえすようですけど、公売というのは」

「オークションですよね、わかっています」

本当にわかっているのかいないのか、水町さんはゆっくりと湯飲みを持ちあげ、ほんのり色づいたお茶を飲むと、

「鈴宮さん。私達もね、昔はそうやって他人に値段を決められ売りに出されたんですよ。一時間いくら、なにをすればいくらと細かく決まり事があってね。私はこういう生まれで小さいころから芸を売ってきましたけど、自分の容姿や、おどりの能力や唄やおしゃみの技能に値段を付けられるということは、まるで人生そのものを売り買いされているのと同じなんだわと、ちょうど貴方ぐらいの歳になって思ったんですよ」

「は、あ……」

「そう考えれば、なにも私らのような芸子ばかりの話ではなくて、どんな職業でも、仕事でも、他人にお給料を決められて技能を売り買いされることに変わりはないですね。オークション、というのでしょう。公売のことを。あなたも、私も、みんな値付けされてオークションにかけられている。そんなふうにしか生きられないようになっている」

少しおしろいの浮いた頬をほうっと緩ませて、水町さんはふわふわと微笑んだ。

「なにを言ってるんでしょうね、このおばあさんは。気にしないで頂戴ね」

それからは何を言ってものれんに腕押し。時間ばかりが無駄に過ぎた。

＊＊＊

「無能」

「ぐっ」

「グズ」

「ぐぅぅっ」

「七十過ぎたニートのばーさん相手に何時間無駄にしてる。いくらボケてても年金もらうには四十年早いぞ、働け」

「申し訳ありません……」

もはや何度頭を下げたのかわからないほど見慣れた鏡のデスクのコーナーを前にして、わたしはまったく返す言葉を持たなかった。

「相手の職業、性別、年齢は考えるな。相手は滞納者だ。それだけだ」

「はい」

「行け」

時代劇で将軍様に顎で使われる隠密のように、わたしはサッと鏡の前から去った。こういうときはひたすらやるべき事を迅速に進めるのみである。それ以外に鏡の無言の圧力をかわす方法はない。

（鏡トッカン、最近ずっとカイシャにいるけど、めずらしいな）

トッカン付きになってからというもの、いつも鴨の子のように鏡のあとをついてまわっていたのも一年と少しの間だけで、最近は鏡に報告をするだけの仕事も多くなった。もともと鏡はトッカンといえども全国最年少で、主にここ数年で団塊の世代が退職するとトッカンが急に大量にいなくなることから、いまのうちにその補充要員を育てようという上の試みでトッカンになった、いわゆるプチ・トッカンである。

もともとは課長クラスの人間が、署を行き来するさいにトッカンになったり、統括官になったり、はたまた局に行って課長補佐になったりするのが普通の異動ルートで、鏡のような三十代半ばの若手がトッカンになったりするのは異例である。しかしながら同様の人材対策は全国規模で行われており、福岡や北関東、大阪局管轄にも若手のプチ・トッカンは増えているのだという。

「トッカンはトッカンでも年次が若いから、給料まで課長クラスってわけじゃないし、めんどくさい仕事押しつけられるだけで大変っぽいわよ」

とは、今日も東銀座の水着バー経営者を精神的血祭りにあげてきた夜の街の猛者《もさ》こと、木綿子さんの情報である。

わたしは巧みにサッ、サッと鏡の視界から身を隠しながら死角にあたる給湯室へと逃げ込んだ。先客の木綿子さんとはるじいが揃っておにぎりをむぐむぐ食べている。

「華麗なる動きでしたね、ぐーセンパイ。鏡トッカンに余計なことを言われる間もなく即時撤退。見事な引き際でした！」

「最近、おなじお客さんで手こずってるみたいでずっとカイシャにいるから落ち着かないのよ」

わたしは冷蔵庫につっこんでおいた天むすかやくにぎりの外フィルムを素早く剝がし、かぶりつく。

「ところで、ぐーちゃん、今年の夏からアレでしょ」

「あれって？」

「専科」

「専科って、税大の研修ですよねえ。そっか、センパイもう五年目なんだ」

そうなんです。実はもう五年目なんです社会人。

「稚魚だった税務官も、放流され五年すると滞納者や脱税者の首根っこをキリキリ無表情で締め上げる恐るべき鮭となって生まれた川に戻ってくるのよねえ」

「さて、何人減ってますかね、同期」

「あー、せちがらい」

　国税専門官の試験に受かると、一斉に税大で研修を受ける。この時点では課税か徴収かは決まっていない。三ヶ月の基礎研修ののち、一年生は全国の窓口勤務一年を経て、希望部署を提出し行き先が決まる。そののち一ヶ月、専門税法の研修を受け、晴れて徴収官、あるいは調査官になる。

　わたしが下っ端徴収官として右往左往しているうちにいろいろと体制が変わったが、実務経験五年目から、本人の希望と上司の推薦で専科研修に行くのが普通である。

　そして、わたしはいよいよその専科の年を迎えた。専門研修以来実に四年ぶり。さてあの埼玉の僻地に、どれだけの同期が集結するだろうか。

「年によって違うからね。私の時は出産育児でいない子も多かったわ」

「専科研修なら半年は税大でカンヅメでしょー？　しばらく鏡トッカンレスを楽しめるじゃないですかぁ」

「案外戻ってきたらすぐ異動でバイバイかもよ」

　木綿子さんはおにぎりに入っていた梅干しの種を、これ以上は考えられない優雅さで口から出した。

「実は、専科で再会して結婚する子も多いのよ」

「ホントですか⁉ ⁉」

「マジです⁇」

二十代独身女子二人が語尾に食いつく。

「だって、税務官同士だったら守秘義務にびくびくしなくてもいいし、ダブルインカムだし、お互い仕事の愚痴が言える相手って最高よ」

「う、わかる〜」

「わかりすぎる」

「私は逃しちゃったけど、二人とも半年も毎日顔付き合わせるんだから、毎日が合コンだと思って頑張るのよ」

「木綿子さんも、なんか専門とっちゃえばいいじゃないですか」

専科研修を受けたあとは、それぞれの分野のエキスパートを目指す道が用意されている。課税だと国際関係をみっちりやる専門科目が人気で、これは四ヶ月のコース。受けるためには試験を突破しなければならない。

それとは別に、一年三ヶ月もひたすら大学に通い詰めて税法をみっちりやる研究科などもあり、ここを通るとそのうち庁から、財務省のレトロビルの五階で税金に関する法律を作り続ける仕事にお呼びがかかることもある。酒税を扱うなら酒税行政研修を受けなければならないし、春路が目指している評専官にも特別研修がある。

上を目指すなら、これから先なにか手に職を付けなければならないということはみなわかっている。窓口にもさまざまな外国人が訪れるので、最近は通信研修の外国語も種類が増えた。木綿子さんは仕事柄、中国語とタイ語に詳しい。

「そうねえ、確かに言われてみればこのへんで大学に戻るのもいいかな。ほかの署に移っても東京じゃすること似たり寄ったりだし」

「人生、メリハリが必要ですよね」

自分の価値を高めるためには、それなりのブランド力が必要なのだ。わたしはふと、水町さんに言われた言葉を思い出した。

『自分の容姿や、おどりの能力や唄やおしゃみの技能に値段を付けられるということは、まるで人生そのものを売り買いされているのと同じなんだわ』

会社の中での人事や婚活、わたし達はつねに他人から評価され、値踏みされて生きている。オークションにかけられているのはなにも宝石や土地ばかりではないのだ。

そう思うと俄《にわか》に悲しくなってきた。

「公売で売れない山にはなりたくないですよね……」

「公売にかけられるまえに早く自力で売るって世の真理よ。でないと、どこのだれだか知らないおっさんに買いたたかれる」

「ですね」

狭い給湯室に妙齢の女が三人、パリパリと海苔を囓《かじ》る音が響く。

(今日、チョコを買いに行こう)

わたし達は無言のうちにそう決意していた。


なにを考えているのかわからない水町さんが沈黙している間にも、明石町の水町邸の公売手続きはちゃくちゃくと進んでいった。

換価性の高い財産は差し押さえから約一ヶ月で公売実施となるのがほとんどで、水町邸も松桐さんの手によってさくっと局内に告知が貼られ、さくっと庁のHPに情報が載った。

いまごろは明らかに国税の人間ではないスーツ姿のサラリーマンや、ジャンパーにハンチング帽というラフなスタイルの不動産業者が、局の一階をうろうろしていることだろう。慣れてくると、ひと目見ればあれは銀行屋さんだな、とか、地元の業者だなというのはわかるものである。最近はネットオークションが始まったため、このような地元密着型不動産のフロアオークションだけではなく、日本中だれでも参加できる。ネットで扱っているものは動産がほとんどだが、たまに公売担当者が驚くほどの値がつくこともあるという。ただし、売るほうも買うほうも皆プロだから、映画のように突然すごい値がつくこともない。

水町邸は本来の七割ほどの額で公売にかけられることになった。

「それでも上物があるなんてものともしないこの値段」

登記六十一坪、二〇一・三四平米。公示価格二億五千五百九十万とんで二千八百円。

とんでもない値段だとは思うが、東京にはこれの倍ほどの値段がつく一般住宅地が山ほどある。とくに文京区、目黒区などのブランド町名で、やり手の不動産営業は財産を整理したがっていそうな年齢のオーナーを見つけ出し、巧みに口説いて売りに出させる。

もしかしたら水町さんも、バブルのときだけではなく母親が倒れた、あるいは亡くなったときに同じような営業をかけられていたのかもしれなかった。業者は家族が倒れ、なにかと物いりになったところを巧みについて現金を積み上げる。そういうやり口に辟易《へきえき》していて、銀行に売るのもいや、業者はもっといや、となっていたのかもしれない。

（わたしがもっとはやくあの話を聞けていたら、せめて行政に売るとかそういう提案が出来たのかもしれない。まあ、いまさらどう言っても遅いけど）

水町さんのためにわたしにできることはもうない。あの土地は業者に買いたたかれて、相続税を差し引いた額が水町さんの元に振り込まれる。それでも証券には手をつけていないから、水町さんは残った二億の現金でどこか住処を買い、月々の配当金と年金をもらってひっそり暮らしていくのだろう。

そういう人生もある。なにも得ばかり求めなくてもいいのだ。一円でも損をしたくないとばかりに、マンションや金先物の投資セミナーに通う人々は後を絶たないが、生き方として豊かかといえばどうだろう。

ただ、あのビルの谷間にぽつんと時を止めた水町邸のたたずまいは好きだったから、あれが来月にでも壊されてしまうことは残念だった。

わたしはすぐに次の滞納処分にとりかかり、しばらく水町さんのことは忘れていた。わたしのようなペーペーは常に五十件ほどの滞納案件を抱えており、十件片づいてもさらにその倍増えるというようなことも日常茶飯事で、最近はトッカンから下りてくるやや面倒な案件に手がかかることもある。

特に鏡は、自分が抱えた案件が局に上がるのを嫌がることが多かったから、自然とその手伝いばかりに時間を割かれ、自分の机の上に未処理のファイルが積み上がっていることもしばしばだった。

そうこうしているうちに、担当公売専門官から連絡が入った。入札が終わって最高価格申込者が決まったという。なんとあの水町邸は、公示価格を大幅に上回る三億二千六百七十九万円で地元の不動産業者に落札された。

(ひえぇ、三億!)

間口も広く、聖路加にも近い。すぐにでも似たようなビルが建って、あの辺りは水町邸がどこにあったのかもわからないくらいただのビルの森になる。

最後の最後まで己を貫いた一人の老婦人の矜持《きょうじ》など、たやすくコンクリートに押しつぶされるのだ。それが東京という都会のもつパワーなのだろう。

もう二度とさわることもないと思っていた水町邸の案件だったが、思いもかけないことが起こった。

「えっ売却決定の取り消し!?」

公売担当からの電話で、わたしは昨日のあの入札自体がなかったことになったことを知った。

「完納!? 水町さんが? えっそれほんとうに?」

なんと水町さん本人から滞納相続税が延滞分も含めてきっちり納付されたというのであ

る。

「それって本当に水町さんなんですか？　あの明石町の……。そうです。三千七百万、間違いないですか……、そうですか……」

相続税は延滞分を含め、間違いなく完納されていた。ということは、あの家は依然として水町さんのものでありつづける。

よかったという思いと、払えるお金があるならいったいどうしてここまでひっぱったのだろうという困惑と、なによりそのお金はどこから調達したのだろう、という疑問。

「いったいあの態度はなんだったんだ……」

仕事用の携帯を握りしめたままつったっていると、背後で不吉な声がした。

「ばかが、いいように遊ばれやがって」

「ヒッ、か、鏡特官！」

「最近少しは粘るようになってきたからお前にまかせたのに、やっぱりばーさんの手のひらで転がされたか」

「やっぱりって。特官なにかご存知だったんですか!?」

「ご存知もなにも、お前ごときが敵う相手じゃなかったってことだろう」

そう言ってふいっと給湯室のほうへ消えて行ってしまう。わたしは慌てて鏡のあとを追った。

「説明してください！」

「金を払え」

「そっ、そんな、鏡特官はわたしの上司じゃないですか！」

「勤務外」

鏡は最近職場に導入した、ポーションタイプのエスプレッソマシンに一つ百円もするお高いポーションをセットすると、冷蔵庫から『鏡専用』とマジックで大きく書かれたジャージー牛乳をとりだし、カップに注いだ。課税からやってきてあっという間に交換研修を終え、課税に去っていったヨナさんこと与那嶺聡《よなみねさとし》が年末の職場忘年会で当てて、強制的に職場のために寄付させられた（はじめから署長《おやじさん》はこのもくろみだったと言われている）電子レンジでホットミルクを作りだした。

（細かい、相変わらず職場で堂々と細かい手順でカプチーノを作って憚らない男、それが鏡雅愛！）

「あのばーさんは、ハナっから公売で競り落とした業者なんかにあの家を売るつもりはなかったのさ」

「だったらどうして自分で不動産屋に売らなかったんですか。国税に差し押さえられて七割の値段でオークションに出されるなんて、損もいいとこじゃないですか」

鏡はエスプレッソマシンがコーヒーを抽出している間はこの場を動けない、つまりわたしの質問からは逃れられないことを悟ったらしく、いやそうにわたしを見た。

「あのばーさんは、瀬多《せた》あや子だ」

「えっ、だれですか」

「瀬多あや子、もう二十年以上前に引退したが、女優だった」

「女優⁉」

わたしは記憶の中の水町さんの顔を思い出していた。たしかに歳にしては綺麗でほっそりとして老人らしからぬはっきりとした物言いが印象的な人ではあったけれど……

「あーっ、瀬多あや子って、瀬多あや子って知ってますよ。だって昔朝のドラマに主人公の鬼母役で出たり、クイズ番組の解答者もしてたし、でもたしかに最近見なくなってた。あの人かあ」

わたしが小学生のころと言えば、もう二十年近く前になるのである。あのころ瀬多あや子は五十代前半で、大河ドラマや週末の刑事ドラマの常連役者だった。

「引退したんだ。三度目の結婚をして完全に廃業した。まあ、結婚生活はうまくいかなかったみたいだな」

「ぜんぜん気づかなかった……」

自分がテレビで見ていた女優が、まさか管轄内で滞納問題を起こすなんて想像もつかなかった。だがしかし、トッカン案件には芸能人がらみのことも多い。今回のことはそうでもなかったが、瀬多あや子クラスの女優なら、ヘタをすると週刊誌にかぎつけられておもしろおかしく記事にされていたかもしれないのだ。

芸能人相手でなくともマスコミ関係になりそうな案件は、たいていトッカンが受け持つ。鏡から下りてきたのなら十分その可能性はあった。わたしが考えもしなかっただけだ。

「瀬多あや子って、なんで芸能界引退したんでしたっけ」

「三人目のダンナが、当時暴力団とつながりのある地上げ屋だった」

「ああ」

いかにも昭和な話である。

「それで叩かれる前に消えたんじゃないかって言われてたな。なんにせよ過ぎた話だ」

「過ぎた話じゃないですよ！　その元女優がどうしてわざわざこんな、いやがらせのようなことをするんですか。女優さんなんだったら、きちんと身の回りのことをやってくれる弁護士でも政治家でもコネがあったはずじゃないですか。なのに」

「さあな、ヤクザに売りたくなかったのかもな」

コポコポとエスプレッソマシンが高級なコーヒーの香りとともにかぎりなく黒に近い焦げ茶色の液体を吐き出しはじめる。その香りだけをスンスン吸い込んで己を満たそうとするわたしを見て、鏡がいやそうな顔をした。

「こんな、買い受け人決定直後のギリギリのタイミングで納付してくるなんて、絶対わざとですよね」

「まあ、そうだろうな」

鏡の手の中で最高に美味しいジャージー牛乳のカプチーノが作られていく。わたしがスンスンしすぎたのか、それともその日は特別に機嫌がよかったのか、彼はポーションを一個投げてよこした。

「わっ、いいんですか」

「金いれとけよ」

鏡のエスプレッソマシンは有料になっており、1ポーション百円である。それでも外に買いに行く手間のことを考えると、このエスプレッソマシン様に貢ぐほうが断然お得なことをこのフロアの人間は全員知っている。そしてこの署では「ちょっとスタバ行ってくる」がここの給湯室でコーヒーを淹れることであることも。

おかげでポーションの減りが多くて困ると鏡はぶつぶつ言っていたが、あれでマシンを使用禁止にしないのは、鏡は鏡なりに（勤労商工会の件といい、殺人事件にかかわったことといい）署に迷惑をかけたと悔いているのだ、とは木綿子さんの言である。

わたしは鏡にしては歯切れが悪いなあと思いながらも、彼が去ったあと、嬉々として美味しいコーヒーの製作にとりかかった。

それ以降、わたしはこの件に関わる必要がなくなったため、これはしばらくたったあとわたしが評専官の松桐さんや、局の公売担当官から聞いた話である。

あの明石町の水町さん（本名水町志おり、芸名瀬多あや子）が、なぜ返すあても借りる金のあてもあるのにわざと相続税を滞納し、延滞金を払ってまで我が家を公売にかけたのか。

「瀬多さんは、どうやら三人目のダンナさんにストーカーされていたらしいんだよね」

明らかになった事実は、あまりにもわたしの想像を絶するハードな事情だった。

もともと水町さんは、新富の芸者だった母親がテレビ局のプロデューサーと親密だったことから、十三歳のときから子役としてテレビに出ていた。その後順調にキャリアを重ね、二十二歳のときに七歳年上の売れっ子映画俳優と結婚。しかし四年後に死別。その三年後に映画監督と再婚。しかしすぐに別居状態になり、五年後離婚。三人目の夫として選んだのが、国内のみならず海外まで広く不動産を扱う会社を経営する林ビルディングの林圭《はやしけい》太朗《たろう》だった。

女優としてそこそこ名の通っていた水町さんは、この結婚を機に芸能界を引退。しかしこの結婚もあまりうまくいかなかったらしい。すぐに明石町の実家に戻ってしまい、母の馴染みの弁護士などが間に入って、なんとか調停離婚が成立した。

それ以降は、決して表舞台にも出ず、記者らががんばって記事を書いても林ビルディングの力でもみ消され、まるでもうすでにこの世にいないように気配を消して暮らしていたのだという。

「お母さんが生きてたころは、まだお母さんの芸者コネクションが効いていて、さすがの林ビルの会長でも強引なことはできなかったらしい。でも去年お母さんがなくなると急に強引な手であの家を手に入れようとしてきたんだそうだ。地元の不動産会社はおろか銀行にも手を回して、どこに売ろうとしても最終的には林の手に売られるようにしていたんだって。水町さんもそれがわかってたからどうしようもなくて」

「それで、思いあまって公売に？」

「いや、それがそういうことじゃないらしい」

いくら国税のオークションにかかったところで、結果的には不動産業者が買うのだから意味はない。

「これは警察から連絡があって聞いたことだけど、水町さん、何度もストーカー被害届出してたって。その証拠がかなりきっちりしたものだったから、警察も動かざるを得なかったみたいだよ」

そのきっちりした証拠というのが、林会長が直々に水町邸にやってきて、今度この家を買うことになったと高らかに勝利宣言をしているビデオ映像だという。

映像の日付は、買い受け人が決定した二月二十七日である。

『あや子。この家を買ったのはおれだ。三億だ。だれもそんな額で入札しないような額をいれてやった。おれしかできない。ここはもうおれのものだ。おまえもおれのものなんだ！』

あの勝手口から堂々と不法侵入した林会長は、玄関前でご近所にも聞こえるほどの大声で満足げに言いはなったらしい。

『おれから逃げることができないことはもうわかっているだろう。ここにいたければいてもいいんだぞ。おれはお前のことを気にかけている。お母さんもなくなって一人でなにかと不自由だろう。おれを頼ってくれ。おれはいつでもおまえの味方だから。おい、聞いてるんだろうあや子、おまえがここから逃げられないことはわかってるんだ、おまえはもう

『おれのものなんだ、ずっとおれのものなんだぞ、あや子!!』

等々、はたで聞いていてこっぱずかしくなるようなドン引き演説を昼間からぶちかまして帰ったのだという。

話を聞いて、日頃から迷惑な人々のやらかしには慣れているわたしでもさすがにぞっとした。

「き、キモ……」

「いやー、あの天下の林ビルの会長でも、ただのりっぱなストーカーだよねえ。でも水町さんはいままで電子機器に疎いこともあって証拠もとれず、相手も大物すぎて、警察に言ってもなかなか動いてもらえなかったらしい」

そこで、水町さんは証拠を残すために一から携帯やカメラなどの勉強を始めた。しかし、おおっぴらに防犯カメラなどの工事をすれば、林の耳に入る可能性がある。

水町さんは、確実に林が墓穴を掘る作戦をたてた。わざと相続税を滞納し、お金に困っている噂を流させる。わたしが何度もやってきたように、税務署の人間が出入りしていたりすれば、噂も真実味が出ただろう。

そして、ついにあの明石町の邸宅は公売に出される。情報はすぐさま林の耳に入ったはずだ。ほかの誰にも奪われないように、林は驚くほど高値で入札した。そして水町さんの自宅に勝利宣言をしにやってきた。まさか、そこで調子にのってべらべら話した様子がすべてストーカーの証拠として録画されているとは知らずに。

国税の公売というしくみをうまく利用して、水町さんは林をタイミング良く自宅へおびき出したのだ。そして不法侵入に、あの見事なまでのストーカー自白。

彼女が欲しかったのはお金ではない、あの家ですらない、林のストーカーの証拠だったのである。

「じゃあ、あの電話に出られない、電話が壊れてるからって言ってたのも、本当に機械音痴なわけじゃなくて……」

「全部芝居だったってことだなあ。さすがそこは往年の名女優」

「だまされてたんですか、わたし⁉」

あのはんなりとした風情、いかにも世間知らずのお嬢さんがそのまま老婦人になりましたといわんばかりの様子は全部演技だったと知って、愕然となる。

そんなわたしのほうを見て、松桐さんは少々気の毒そうに眉を寄せた。

「騙されてたっていうか、この場合どうしようもないよ。相手は得意先に借りて延滞料払ってるし、すでに完納してるし、なにか法を犯したわけじゃない」

「で、でも水町さんは、この林って林ビルの会長が自分を手に入れるために、入札でありえない額を積むってわかってたんでしょう？　なにもかもわかってて……」

「そう、まがりなりにも公式なオークションで三億の値がついたんだ。あの自宅の土地は、もともとの価値よりだいぶ相場が上がっただろう。そうそう、あの土地、今、前半分は売りに出てるみたいだよ」

「えっ⁉」

いまは倉庫になっていると言っていた、店舗らしき公道に接した部分だ。たとえ三十坪でも買い手はいくらでもいるだろう。

「残った土地は典型的な旗竿地になる。公道に接してる部分が車もとめられないほどの幅しかなかったら、資産価値は七割減になる。あの奥の母屋を壊して建て直すこともほぼ不可能だ。だって重機が入らないんだから。あのばーさんはこれから、ほとんど価値のなくなった土地のぶんだけ固定資産税を払って暮らしていけばいいんだ。あの古い日本家屋で、おそらく彼女の望むとおりに」

「そんな……」

「彼女は計画通り、林のストーカー恐喝ビデオを警察に持ち込んだんだろうねえ。警察もいまごろ立件を視野に動いているだろう。だって、もし警察がもみ消したとしても、最近では週刊誌がすっぱぬくこともある。林ビルは先日タイのど真ん中にある金ぴかの超セレブ高層マンションのお披露目をしたばかりだし、あのビデオを見せれば週刊誌も食いつくだろう。警視庁は週刊誌に先にやられるのは恥ずかしい、ならば立件だと踏み切るはずだ。水町さんのいや瀬多あや子のほうが何枚も上手だったたってことだよ」

「……、……、……」

わたしはものもいえないまま、口をぱくぱくさせることしかできなかった。

「それでも我々としてはどうすることもできない。まともに評価して公売の手続きをしたぶんだけ働き損だったたってだけ」

「……なにが人生はオークションよ、値踏みされて生きていくしかない、よ。そりゃああんなとんでもない男にストーカーされたら女優さんとしては大変だったでしょうよ。でも、自分はうまいことそのしくみを利用して、ちゃっかり好き勝手生きてるんじゃん！」

この大都会のど真ん中、しかも一等地でビルに囲まれ、それをものともせずに純日本家屋で暮らしていくことがどれだけ贅沢なことか。

「いやあ、往生際の悪い滞納者はいままで何百人と見てきたけど、ここまで完璧に税務署の仕事を把握した上で、国税徴収法をうまく利用して警察まで動かして長年うっとおしいストーカーを起訴して、さらには持ってる資産をつりあげるなんて、さすが大女優はキモがすわってるよねハハハ」

「ははは—、じゃないですよ、感心してる場合ですか！」

松桐さんの言葉に、わたしはふといやな想像をしてしまった。思い当たることがある。

「ちょっと待って下さい。もしかして、鏡特官はこうなることをぜんぶわかってて、わたしに押しつけたなんてことは……」

松桐さんが困ったように唇を尖らせた。わたしはわなわなと震える。

そうだ、あの鏡がこの展開を見抜いていなかったはずはない。どう転んでも国税は骨折り損になることがわかっていたから、この件をわたしに投げたのだ。

「あんの、性悪上司！」

わたしは無言で、京橋中央署のスタバこと、三階の給湯室に向かった。コーヒーでも飲まないとやってられない。

（今日はエスプレッソマシンのポーションを使い果たしてやる！）

あのすばらしく美味しいコーヒーはきっと、残業の友のチョコレートと合うに違いないのだ。

五年目の鮭

「専科研修に行くものよ、そは国税最後の恩情と知れ」

まるでファンタジー映画に出てくるセリフのように木綿子さんが言ったので、わたしは思わず食べかけのコンビニチキンを口から外した。

「なんですか、それ」

「ぐーちゃん、ついに和光に行くんだってね。おめでとう。そしてがんばれ」

年々コンビニエンスストアが便利になり、最近はお弁当を作るのもやめてコンビニ様に依存する毎日である。なんといっても手ごろな値段で揚げ物が食べられるのがありがたい。

昼休みの時間になると、そのへんの公園のベンチには無表情でコンビニチキンをむさぼり食べているスーツ姿の男性がいるが、それに負けず劣らず食らいついているのがこのわたしこと、国税徴収官五年目の鈴宮深樹である。

「和光っていってもたかだか研修じゃないですか。現場から離れられるだけ気も休まるってものですよ」

二十七歳。入局当初はお客さんたち（主に滞納者）から向けられる憎悪の目や、世間様がカイシャ（国税局）に抱くイメージにおびえていたわたしであったが、今は立派に公園で肉を食いちぎる図太い社会人に成長した。これもすべて、諸先輩方および恐ろしいハスキー犬似の上司どののおかげである。

「そうねえ。（怒鳴り込んでくる）お客さんもいないし」

「（ずっと泣いてるだけの）お客さんもいないし」

「（壊れたCDみたいに同じことしか言わない）お客さんもいないし」

骨付きチキンをしゃぶりつつ遠い目をする我々を、同じ黒のスーツ姿だがあきらかに就活生らしいかわいらしい女子が、宇宙人でも見るような目つきで通り過ぎる。そう、我々はもはや君たちとは違う生物となり果てたのだ。

（女子とは違うのだよ、女子とは）

「そんなセリフは、揚げ物を受け付けない胃になってから言うものよ」

同じコンビニで真空パックの蒸し鶏を買った木綿子さんが言った。

「そして、私のようにこの歳になって見合いが趣味になったりしないように、カイシャからの最後のボーナスをものにしなさい」

「その、カイシャからのボーナスってなんなんです」

「だから、和光よ」

木綿子さんは、とてもわたしよりヤワな胃とは思えないほど勢いよくチキンをこの世から消し去った。

和光に行く、というのは残念ながら銀座にあるあのセレブ御用達百貨店で買い物することではない。国税でいうところの、税大研修に参加するということを意味する。

埼玉県和光市には司法研修所や理化学研究所など国関連の施設がほかにもあるが、中でも税務大学校は毎年新規採用者千人の研修を一度に行うことができる巨大な敷地を誇る。当然、日本全国から集うので寮施設も完備されており、まさに大学である。

「五年目の和光行きは、ただの専科研修じゃない。研修という名の、最後の出会いのチャンスなのよ」

「どういうことです。詳しく」

私は仕事中でも決してしないほどの集中力で彼女の顔を見つめた。

「知ってのとおり、この専科研修は税務官人生においてただ一度だけよ」

高速かつ無言でうなずく。

大学卒業ののち、税務官採用試験に受かった者の多くは、入局後三ヶ月の基礎研修を経て各所轄の税務署で総務や受付などの実務を経験する。そののち、一年後の四月に身上申告で己の希望配属先を提出。わたしのように課税を希望しながら徴収に回された新米を含め、ふたたび税大へ戻り、今度は各部門の専門研修を受ける。研修後はちょうど七月。国税では異動の時期にあたるので、そのまま管区内のどこかの税務署に配属になり、それがずっと続く。

なにか改革期の節目に居合わせて、特官付きのアシスタントになったり、新しい部門のだれも職務をよく知らないセクションに配属になったりすることもあるが、基本税務官としてふつうのサラリーマンであるので、出世を見込まれたできる人間が上から推薦を受けてスキルをのばしていく。その他の人間は、それなりにこつこつ仕事をこなす。

その分かれ目は、噂ではこの専科研修後に顕著になると言われている。

「つまり、四、五年ですっとこの和光に来られるかどうかは大きいってこと。特に女子は」

「なんで女子」

「妊娠出産でパスする子も多いからよ」

言われて、ああと思いあたった。

最近社内結婚、つまり税務官同士の結婚式にやたらお招ばれすることも多くなった。とにかく守秘義務がキツい税務官だが、お互いそうならば家庭内で職務に対する愚痴も多少は言いやすい。説明しなくてもお互いの仕事環境は理解しているので（そしてなぜか国税関係は職場の飲み会が多い）、ライフスタイルに対する不平不満がほかの一般人の伴侶と比べて少ないと言われている。あくまで、言われているだけで実際どうかは個人の資質によるのだろうが。

その上で、今のご時世互いに公務員同士のほうが収入的な安定が見込めることは百も承知なので、職場でさっさとまとまってしまう。

そうすると、女子的な事情でひっかかるのがこの五年目から六年目にかけて税務官全員が受ける専科研修なのである。

「実際のところ、専科終わってから第一子を計画してる夫婦が多いって噂よ」

「生々しい声ですね」

「現実的よね。二人ほしい場合、二十代のうちに一人産んでおくほうがなにかと楽だっていうもの」

しかし、その出産適齢期はどの業種、職種においても出世街道の入り口にあたるのである。いくら国税局がほかの民間にくらべて男女平等に近く、女性への配慮がされているほうであっても、子供を産むのは大仕事だ。

「じゃあ、みんなわたしの同期で既婚の子は、和光から戻ってきたら即……」

「正確にいうと、配属が決定してそれがもし希望通りだったりしたら二年くらいは延ばすかもしれないけれどね。ごくごくふつうの所轄なら、人生計画を優先するでしょうね。次の異動の時期には管理部門に行かせてもらうか、カイシャで電話番をしながら臨月が来るまで働いて、その後保育所の事情次第で復帰」

わたしたちの間では、もし、大変に優秀な人材でわたしと同じ歳で本店（国税局）からお呼びがかかるようであれば、できる限り妊娠は二年先に延ばして本店の仕事を覚えたほうがいい、といわれている。風呂をまんべんなく温めるには、上と下をかき混ぜないといけないのと同じ理屈で、どうせ二年たてばどんなに優秀な人材でも所轄に出されることが多いので、そのタイミングで産休をとるほうがキャリア計画としては賢いというわけだ。

そして、デスクワークの多い管理部門で早番シフトをこなしながら子育てし、二人目にも運よく恵まれれば三十代半ばで完全に職場復帰できる。男どもがへたってくるこの歳あたりに、子育ても一段落してキャリアを追う気まんまんの生きのいい鮭が川に戻ってくるのである。

あの鮭は無敵よ、と木綿子さんは言う。

「人事も子供を産み終えているから急な休職はないだろうと安心するし、本人は子供が学費がかかるころにさしかかるからやたら働きまくる、やる気もある。家に最強のモンスターを抱えているので、少々のクレーマーなんてへでもない。実際三十四で二人産んで復帰した先輩が、日本語がわずかに通じるだけ二歳児よりもマシ！って現場を叱咤してたの見たときは、正直うへえと思ったけど」

その先輩はその後順調に出世して、本店と支店（所轄）をいったりきたりしているのだという。名前だけは聞いたことがある、東京国税局では女性初の広域特官になるのではないかと言われている人だ。

「でも、それもこれも相手がいるか既婚者の事情じゃないですか。わたしみたいに週末は特に予定もなくスウェット姿でゴロゴロスマホでネット見てるおひとりさまには関係ない話ですよ」

「違うわよ。おひとりさまにこそ意味があるのよ。和光は！」

「百貨店の話じゃないんですよね？」

「違う」

木綿子さんはコラーゲンの塊をきれいに胃袋にしまうと、水筒のお茶をがぶがぶ飲んだ。

「いい、よく聞いて。和光の研修には七百人くらいの同期が集まるわけよね」

「そうですね。殉職してなければ」

この場合の殉職は、強烈なクレーマーその他の客によってメンタルを病み休職、および退職した同期のことを指す。

「年ごろの同じ、職歴もほぼ同じ人間が全国から七百人、女はいいとこ三割だから五百人近くの妙齢の男が和光に集まるのよ。はっきりいって、これ以上の出会いの場はないわけよ？」

わたしはハッとして胸に手をあてた。これほど心を打たれた言葉はいまだかつてないという風に。

「で、でも、五百人いるっていっても、北海道から九州までいるんですよ。いくらいい出会いがあったところで……」

「思い出して。なんのために和光の事務があなたたちにわざわざ管区をでかでかと載せた身分証をつけさせているのか」

「あっ」

「研修の初日に配られる身分証は、すべて首から下げるタイプよ。専門ごとに紐の色が違っているから一目で徴収官かどうかわかる」

「そういえば資産課税は青でした。法人課税は赤で、グレーが徴収」

「深い意味はなさそうだけど個人資産は紫だったわよね。お互いに身分証を見せたり自己紹介をすれば管区なんてすぐわかるのに、わざわざなぜあんなにでっかいフォントで管区をのせているのか。それこそ、五年目の和光の隠されたミッション」

「ミッション……」

意味するところは、国税局主導の局内婚活。

「ほんとにお上がそんな気を利かせてくれてるんですか!?」

「ただの噂よ。聞いたところで上がそんなこと認めるわけないでしょ。あくまで研修は研修。実際私たちが生まれる前からずーっとやってるんだから本当に研修。でも、いつのころからか代々、こんなことを聞くようになったの。曰く、上は局内でくっついてくれたほうがいろいろと都合がいい」

「あー」

「家族持ちは、というより子供持ちは家を買うから、ローン背負うとよく働くし辞めないし」

「やくざじゃないですか」

木綿子さんが言うには、五年目の和光で知り合ったカップルの結婚率は局内でも毎年高い割合をキープしているらしい。平均して、参加者の一割は相手ができるそうだ。

「一割？　十人に一人は相手ができるんですか。なんで⁉」

「そりゃ、みんな五年目の和光の意味をわかってるか、先輩たちからよーく言い聞かされて参加するからでしょう」

いまのわたしのように、である。わたしはやや冷めてしまったチキンの残りを口の中に放り込んでお手拭きで手を拭いた。

「もし、ぐーちゃんが関西に帰りたいならこんないいチャンスはないわよ。徴収と課税のカップルはすごくうまくいくって聞くから、グレーのネックストラップ以外の近場の男を物色して。もし遠くても、いい感じになれば結婚と同時に管区を異動できる」

「いやいや、いまのところ東京から出るつもりないです」

「じゃあ、東京管区以外には見向きもしないことね。うっかり北海道や広島局の男とまとまっちゃったりしても、遠距離の上にどっちかは異動よ」

学生の時ならいざ知らず、いまからゆっくり遠距離恋愛を楽しむ心と懐の余裕はない。それに、地方の税務官なら同郷の相手を選ぶだろう。

「いいとこ関東管区の埼玉までですね。信越までいくと辛い」

「東京管区と名前がついてるけど広いわよ。特に山梨」

「山梨は辛いです」

「そうね。山梨に特に恨みはないけど、なぜ東京管区に入ってしまったんだおまえはって思うわね」

どう分類されているのか東京管区には山梨が含まれているが、山梨よりよほど都会の埼玉は含まれていない。その埼玉県はおとなりの関東信越管区で、関東と名がついているが、東京から見るとカントリーサイドである。

元同僚で一人、関東信越局採用の人と結婚し、いまは新潟から通勤している人を知っている。あの人ももしかしたら五年目の和光で出会ったのだろうか、と思った。

(まあ実際、管区を飛び越えてもいいと思えてしまえる相手に出会えることが、いちばんだよなあ)

とにもかくにも、和光行きが思ったより天下分け目の関ヶ原になることは理解した。この研修という名の戦いで勝利し、見事人生のパートナーを勝ち取って帰ってくるのと、手ぶらで戻り数ヶ月後に大枚のご祝儀を放出する未来とでは雲泥の差である。

(結婚は、したい。一人暮らしは寂しいし、できればお父ちゃんの元気なうちに孫を見せてあげたい。これはお父ちゃんのためとか親孝行とかじゃなくて、私が単純にそうしたいから)

昨今は木綿子さんのように独身でもばりばり働いて家を買い、気軽な人生を謳歌する女性も珍しくなくなった。そういう生き方もいいなと思うし、はたしてこのがさつな自分がだれかと同居して子供をもつなんて可能なんだろうかと不安にはなる。だが、両親がしてくれたように、自分の子供に愛情を注ぎたいという思いは揺らいだことはなかった。もし希望通りに子供をもつことができたら、毎年しつこいくらいに健康診断を受けて、長生きしようと思う。

わたしの母の病死は交通事故のようなものだけれど、やはり金銭的な問題が母に余計に負担をかけていただろう。だから、自分は安定性を選んで公務員になったし、できればパートナーも手に職のある人間がいい。

自営業の難しさは、育った家庭的にも職業的にも痛いほど理解している。お金で買えるもののほうがこの世の中には圧倒的に多いのだ。そして、お金がないことは考えられないほど心身にプレッシャーを与え、毛虫に食べられる葉っぱのようにボロボロと日常生活を蝕んでいく。むろん、カイシャ内でつねに心の健康を保つことは難しいから、毎日が評価との戦いではあるのだが。

(結婚しても仕事を辞める気はないけど、病気になったりしたときに、コンビニでおかゆ買ってきてくれる人が家にいるのは、いいよなあ)

そういえばひとつ下のフロアの課税の人が先月結婚したという、署内ニュースが回ってきたことを思い出した。いまルンバのごとく署内を巡回している署長《おやじさん》が言うには、女性のほうがバリバリの人で、周囲にも一生独身でいくと触れ回っていたそうだが、ある日ぎっくり腰で携帯から遠く離れたところで動けなくなり、結婚を決めたそうだ。普段から裸で寝ることを推奨していた彼女だったが、披露宴では風呂からあがったら服は着たほうがいいと真剣な顔でスピーチしていたという。でないと、裸のまま何時間も突っ伏した情けない状態でレスキューに発見、回収されるからと。

もし、自分が湯上がりパンツ一枚でぎっくり腰になり、ほぼ裸で救急隊員に発見されたらと思うと、結婚くらいたいしたハードルではないように思えてくる。

「結婚は、ドリームでも生活でもない。ライフサポートよ」

木綿子さんがまた金言を吐いた。そしてこう続けた。私ももう一度、和光に行きたいと。

＊＊＊

あの木綿子さんをしてそう渇望せしめるくらいだから、和光はさぞかし我々税務職員にとって最適な婚活の場であるに違いない。なにしろ彼女が強調するように、いまどき公務員相手の無料婚活である。年齢の幅も広いわけではなく、共通の話題も多い（だろう）。一般的な婚活パーティに行くよりもずっと経済的で合理的である。

（なんだか、そう思ったら研修が楽しみになってきたぞ、と！）

疎遠になりつつあった同期たちとも久々に連絡を取り合い、壮行会をしようと盛り上がった。同期たちも先輩らから、和光は最後の狩場であると教えを受けているらしい。やれ前日に美容院に行くだとか、和光までに三キロ落としたいからウォーキングを始めたとか、完全に研修とは関係ない単語が飛び交っていた。

そしてあっという間に夏である。

税務職員の異動は七月十日と決まっており、本店支店や部署ごとの違いはあるが、だいたい皆二年から三年で異動になる。都心から田舎へ動く人はポジションがアップすることが多く、三年田舎で頑張れば戻ってこられる、またはなんとなく広域専門人員に充《あ》てられることが多いし、本店と支店を出たり入ったりする人はその間にポジションが上がるので、出世コースにのったと周りからみなされる。

「ま、鏡特官の場合、問題児過ぎて広域どころか管区まで出て大阪に飛ばされてるし、お客さんともめごとを起こすたびに動いてるし、出世もするけど目立ちすぎて本来でいうエリートじゃないよね」

あの歳（三十代）で特別国税徴収官になった鏡雅愛のことを、当初配属になったばかりのわたしはものすごい出世頭だと思っていた。将来有望で実力があるからこその抜擢だと。けれど、カイシャに入って数年彼の傍で働けば、本当に出世する人々との違いが見えてくる。国税局で本当に出世する人は、彼のようには目立たない。決して、国税が悪者にされるような案件は担当せず（ニュースにしないともいうが）、さりげなく本店と支店を行き来し、あっという間に周りと差をつけてしまう。

（鏡特官はたしかにやり手だし、勤商と戦ったり裁判沙汰も辞さなかったり、宗教問題にも首を突っ込んだり大きな案件をいくつもこなして局内の有名人だけど、実は燃費よくないよねえ）

彼が本当にやり手なら、もっとうまいやり方があっただろうと思う。わざわざ面倒くさい相手からのケンカを受けてたつこともないだろうし、ややこしい宗教関係に首を突っ込んだりもしないはず。

もしかしたら、鏡本人は出世には興味がないのではないか、とわたしは最近感じるようになっていた。仕事はきっちりこなすし、バツイチとはいえ趣味のロードバイクで休日も充実しているようだし、上からの評価も（彼のやってきたことを思えば）めでたい。しかし、本人から出世に対するガツガツ味はあまり感じない。

「鏡さんは、上から気を遣ってもらってるよね」

とは、職場の空気を空気清浄機のごとくすばやく読む木綿子さんの評である。理由は、このだれもが失敗を恐れるご時世、なりふり構わず突撃していくような彼のスタイルは国税には貴重だからだという。

「ほっとくと、うちの体質的には無難に収めようになっちゃうじゃない？　とくに徴収はさ。課税みたいに敵は明らかに悪人で、取り立てれば取り立てるほど正義のヒーローになれる部署とは違う。相手も複雑な背景を持つ人間が多いし、そこへガッガッ行く人って意外に少ない。無茶すると心も病みがちだしね」

近辺で起こったさまざまな問題が走馬灯のように思い出された。そういえば訳ありな銀座のママの着物といい、実態の謎な宗教法人 with 殺人事件といい、ここ最近鏡の担当する案件は大物ばかりだ。

これは、実はよくないフラグである。

『なんだか鏡さん、辞めちゃう雰囲気ない？』

この間、公園で二人してコンビニチキンにかぶりついているときに、ふと彼女がそう言った。

『やめるって、カイシャをですか？』

『そう。そろそろ二十年近いでしょ。社会人になって。そういうときって急にプッツてくる人多いって聞くよ』

高卒ストレート本科の鏡は、同い年の同僚より四年職歴が長い。

『さすがに税理士資格とってからじゃないですかね。トッカン、大学行ってないから』

『そうね、二十三年勤続でチャラになるから、そのあたりが潮目かもねえ』

税務官として採用され、十年勤めると税理士試験の税法三科目の受験が免除される。だから、もともと実家が会計事務所かなにかで、自分もあとを継ぐ気の場合、商学部や経済学部の大学院に進む人間もいる。卒業して国税局の採用試験に受かると会計学の科目の受験が免除されるので、大卒十年勤務ですべての科目を受験しなくてもよくなる。

鏡特官の場合は高卒なので、二十三年勤務ですべての科目が免除されるコースが適用になる。だから、もし辞めるとしたらそのあたりを考えているのではないか、と木綿子さんは言った。

『最近おとなしいっていうか、前ほど覇気がないっていうか。この春だって和光で新任教官やるっていうからどうなることか、逃げ出す新人続出かって思ったけど、意外に普通だったみたい』

この春は、鏡が初任者基礎研修の担当教官として和光に一ヶ月赴任していた。戻ってきて、てっきり異動かと思ったのにそれもなく、今度はすぐにわたしが夏から来年の年明けまで研修である。

さすがに四年同じ署にいることはないだろうから、来年の夏には完全にカモの子状態は解除、鏡は本店に戻るか、さらに田舎に飛ばされて小さな署の統括官くらいはするかもしれない。研修を終えてもわたしはまだまだひよっこなことに変わりはないから、相変わらずパンプスとスニーカーを履き替えながら、東京のアスファルトの上を駆けずり回っているだろう。

それこそ、和光でなにかが起こらない限りは。

(そっか、どのみち和光から戻ってきたらすぐにトッカンともバイバイかあ)

ホワイトボードにみっちり書き込まれた鏡の予定を見上げる。徴収官の中でもトッカン部門はほんとうに社内にいない。私のようなヒラでも外回りは多いが、トッカンともなると出張に次ぐ出張で、一ヶ月ほぼ顔を見ないなども珍しくはない。中でも鏡の持っている案件は遠方が多い。トッカン部門の中で独身なのは彼一人だから、春休みや夏休みなど子供が家にいる期間の遠出案件は積極的に引き受けているとも聞いた。

(たしかに、最近トッカンと話してないなあ。ま、わたしが昔みたいになんでもかんでも怒られなくなったっていうのもあるかも)

団体戦がメインの局の特別整理部門や課税とは違い、所轄の徴収官はどことなく一匹狼の風情があるものだ。一人でできることが多くなれば、基本は一人で動く。もちろん鏡は直属の上司だからすべての案件の報告はするが、以前のようにカモの子のごとく後をついてまわることはほとんどなくなった。

最後に挨拶くらいしてから、と思ったがいないのなら仕方がない。自分の欄に〝和光〟とだけ書いて退社した。なにも今生の別れでもあるまいに、しんみりするほうがおかしいのだ。そう、たかが和光くらいで。

一階の受付近くで、グレーのツナギを着た署長《おやじさん》が窓ガラスを拭いていた。いつまで続けるんだろう、あの潜入捜査……と思っていると、

「いってらっしゃい、ぐーちゃん。和光でいいの捕まえてくるんだよ」

「うぐっ」

五年目の和光の意味を知っていて署内のだれも言わないでいることを、ずばり言ってしまうのが我らが署長《おやじさん》なのだ。

直球を投げられて、ひさしぶりに〝ぐっ〟が出た。

＊＊＊

和光市駅から税務大学校までは歩くと二十分かかるらしい。

らしいというのはグーグルマップ先生が算出した数字による情報であって、五年前の新人研修時に歩いたときは確実に二十五分はかかっていたからだ。

しかもあのときは新人で、二十二歳で季節は春。今はくたびれた五年目のアラサーの上、夏真っ盛りだ。

「歩くわけがない」

そんなわけで、わたしと同じ結論に達した五年目の鮭たちは、すでに研修が始まる前から憔悴しきった顔で和光市駅の改札を次々に通り過ぎ、迷うことなくバス乗り場に向かった。すでに我々の通学を夏場の稼ぎ時とみなした東武バスと西武バスが入れ食いのようにやってきて、カモならぬ鮭をのせて南へ走り去っていく。

和光市駅周辺には司法研修所、自衛隊朝霞《あさか》駐屯地、理化学研究所とあらゆる分野のエキスパートを育てる施設があるが、ここにいるのが国税関係者であることは一目瞭然だ。まるでレミングの群れのように南を目指す黒スーツの一群は、超難関である司法試験に合格して成功を約束された司法修習生や、理科研のＩＱおばけであるはずはない。明らかにわたしの同類たちである。

（司法修習生は数が少ないうえに寮がある。理化学研究所の職員は家賃が安いからこのへんの団地を借りてる人が多いっていうし、そもそも自衛隊員はスーツを着ない。わたしたちだけだ、こんな敗北感満載な真っ黒い公務員の集団は……）

唯一救われたのは、わたしの住むマンションの最寄り駅が豊洲で、有楽町線一本で和光市駅まで来られることだった。授業開始は八時半のため、私は毎朝六時半には電車に乗らなければならなかったが、一時間弱電車で爆睡できるのは正直ありがたい。

（これから約半年、こんなへき地で学生生活かあ）

そして、無表情の鮭たちがバスに揺られること十分。バスから放出された我々が向かうのは、まさに大学。来賓用に建てられたこじゃれた租税史料室の横を通り抜け、建物の中に入り、それぞれに割り当てられたロッカーから身分証を引きずり出す。それを首にかけたら戦闘開始だ。　たとえ、瞼が完全に開いていなくとも。

（わたしの紐はグレー。徴収官はみんなグレー。だから見るべきところは紐の色じゃなくて、名札の管区！）

「おはよう、スズ」

大講堂へ向かう途中、課税に配属された同期の友人たちに会った。

「クラス分けの張り出し見た？　今年はけっこう管区ばらけてるって」

「九州とかの人とばっかいっしょにされても、微妙だよねー」

「まあでも、ゼミよ。ゼミに賭ける」

少なくとも国税でわたしをスズと呼んでくれるのは、同期で、かつ現場でのわたしを知らないでいてくれる徴収配属ではない人間だけである。

課税部門配属の彼女らはいずれも、個人課税、資産課税、法人課税の専門別にクラス分けされている。紐の色を見ればわかる。

「近いうちに懇親会やるだろうから、スズも来なよ。徴収は科目もぜんぶ別だから、学外じゃないと会う暇ないよね」

「ありがとう！　ぜひ!!　ぜひ呼んでください。待ってる！」

だいぶ本気モードで返事をした。彼女たちにわたしのやる気が伝わっていればいいのだが。

（いいなあ、課税さんたちは。たとえクラス分けが微妙でも、ゼミにいいひとがいなくても、何百人もお仲間がいれば飲み会も盛り上がりそう）

国税の採用人数のうち、九割近くが課税部門に配属され、徴収はたった一割だ。だから初日、二十五人ずつクラス分けされるといっても、実際徴収官の人数は七十人足らずなので、三クラスしかないのである。

（そしてその中でも関東信越と東京管区の人数の少なさときたら！）

わたしはクラスごとに決まった席に座りつつ、隣になった同期の身分証を盗み見て、

（盗み見は我々の得意なスキルである）少々がっかりした。

東京は一番採用人数が多いはずなのに、なぜこんなにも見あたらないのか。あまりの少なさに、ゼミ担当教授の紹介もまったく頭に入ってこない。さっきからすれ違う人の名札ばかり見ている。でも、わたしの思い違いでなければ、みんなそれぞれ名札をチェックして一喜一憂しているように見える。

（いやいや、徴収官が少ないことも、全国からかき集めても七十人しかいないこともわかりきってたことじゃない。それよりも同期が呼んでくれる懇親会で、山といる課税男子と知り合うほうに期待するべきでは）

クラス分けの後、二十五人はさらに四つの班に分けられる。これがみんなが重要視しているゼミで、だいたい午前中はずっとこのゼミでのグループミーティングの授業である。なにしろ半年以上ずーっと顔を合わせるメンバーであるから、たとえいい男子がいなくても、いい人たちに当たりたいなあというのが全員の本音であろう。

（わたしは2組のI班だから、身分証の表示が徴2－Iなのか）

これが単純にアルファベットを割り振ったABCDではなくK班・I班・B班・O班の

四つだ。ゼミ名をつなげると希望と読める。
　ここで、『なにが希望だよ、ばかばかしい。いったい誰がつけたんだ、こんな名前』などとは思わない。それくらいではたいして心も動かない、それが我々五年目の鮭たちだ。この専科研修はわたしたちが生まれる前にできたシステムだから、きっと当時の偉い人たち（そしておそらくはもうカイシャにはいない）が、ちょっとした洒落とスローガン的な意味も込めて付けたのだろう。そして、それをいまさら変える意味をもたないまま数十年が経ってしまった、そんなところだろう。国税のようなある程度大きい組織にいれば、このようによくわからないまま続いている伝統的なネーミング、およびシステムにいくつかぶち当たるものだ。そしてそれはたいてい無害化されているので、我々は一瞬遠い目をするだけで済む。
　大講堂で校長の挨拶があり、その後ゼミおよび科目の担当教授からの挨拶が続く。三十分強で大講堂でのスケジュールは終了し、九時二十分から午前のカリキュラムが始まる。（っていうか、わかっちゃいたけど通いの上、八時半から授業ってきっつい）
　八時半から九時までの三十分は、課題研究に充てられる。具体的にはここはそのあとのゼミで使う資料をそろえるための予習時間で、出された課題がたまたま現場で経験があればラッキー、なければひたすら類似例を探したり、国税徴収法関連の資料をあさることになる。やっていることは現場と似ていても、ここは大学で、経験を積んだ先輩や上司がいないから、頼りになるのは同じチームの同期の経験と記憶だ。

「徴収の2ってこの教室でいいのかな」

徴収2にあてがわれた教室の入り口につったっていると、あとから来た学生に声をかけられた。

「あ、そうみたい、です」

そこは職場にあるようなデスクが横に三つ、ロの字に並べられているゼミ用の部屋で、ここで検討し用意したレジュメをもとに課題の討議が行われる、らしい。

（おっと関東管区の人だ）

関東管区から女子が割り当てられたとすれば、ほかの四人は別の管区からに違いない。

（女子か）

いやしかし、彼女とてわたしの名札を見て同様の感想を抱いているかもしれない。薬指に指輪はしていないから独身の可能性もある。もし、わたし同様東京管区の婚活素材系男子を期待していたなら、それはまことにわたしで申し訳なかった。

「鈴宮さん、でいい？」

「はい。佐藤《さとう》灯、あかりさん？」

「とも、だよ。深いに樹で〝みき〟って読むんですね」

「そうなんです。めったに同じ名前の人見ないです」

「言えてる。私も」

お互いに名乗り合ったところで、あたふたと名刺がわりに胸の身分証を見せながら、

「えっと、京橋中央署の鈴宮です」

「あ、和光署の佐藤です」

「えっ、和光⁉ ここ⁉」

「そうなの。めちゃくちゃ地元なんです。大泉学園から毎朝自転車で来てます」

まさかの地元、しかも大泉学園は税大の西武線の最寄り駅である。

「去年春日部《かすかべ》から異動になったばっかりなんですよ。でも今年研修だからすごくラッキーだった。同じ埼玉でも東からここまで毎朝電車で通いなんて無理ですもん」

「わかる」

「税大の女子寮、新しくできたっていっても地方優先ですからねー。全員入れなくて、近くの団地の空き部屋借り上げてるらしいですよ」

思わぬ地元民の出現に驚きながら情報を仕入れていると、教室の端っこにＩ班のメンバーが集まってきた。ほかの三つの班もそれぞれ割り当てられた席の周辺に集まって話して

いる。担当教授がなかなか来ないので、ここでも順番に自己紹介になった。

「西田《にしだ》です。広島国税だけど、勤め先は島根です」

広島国税局の西田さんは、公務員というよりはJAの営業さんという風情の男性だった。なんとなく隣に座っていた背の高くて黒縁眼鏡をかけた男性がつられたように挨拶する。

北海道人なのに日に焼けていてしかも鍛えているので、湘南あたりによくいるサーファーのようだ。とても極北の人には見えない。

「どうも。えー、札幌国税局の元木《もとき》です。旭川北税務署で、いまのとこギリギリコンビニのある街に配属になってます」

すると、大阪局所属の小柄で丸顔の女性が笑って言った。

「コンビニがあるなんて都会ですよ。あっ、うちは大阪の田嶋《たじま》です。っていっても和歌山なんで。くじらでちょっと有名な太地町から来ました」

「でも、コンビニはあってもスタバはないんだよ」

「島根にスタバがなかったって、この前ニュースになってましたね。太地にもないですよ。スタバなんて一ヶ月に一回見るか見ないか」

「見ないね」

「見ませんねー」

「東京ってやっぱり都会ですよね。駅前にビルがあるんだもん」

「オレ、車のバッテリーあがらないか、それだけが心配」

「言える」

なんと、わたしと佐藤さん以外は和光を東京カウントしているようだ。東京に住んでいれば和光は立派な埼玉であって、東京管区ですらないのだが、彼ら彼女らにとって二階建て以上の建築物があれば十分都会らしい。

お互いのクニの田舎自慢にすこし場が和《なご》んだ。最後に教授といっしょに駆け込んできたちょっと年上っぽい男性で六名全員が揃ったようだった。

(高知国税局ってことは、四国か)

言うまでもなく、とても遠い。ちょっとがっかりだったのは、その男子が昔大学時代につきあっていた彼氏に雰囲気が似ていて、ほんの少し好みだったからだ。

(ま、そんなの関係ないない。希望はもつけど、期待はしない)

「さて、みなさんはるばる和光までようこそ。徴収2の担当教授の青木《あおき》です。とはいえ私も今年からここで、はるばる来たうちの一人ですが」

我らがゼミの先生は、大学の教授というよりは、やり手の課長って感じだなあと思っていたら、実際そうだという。

青木教授は金沢国税局の人で、見事に全員管区がばらけた。少し白髪の混じった青木担当教授は、ここに来る直前まで金沢の本店で徴収課長補佐だったというから、特別整理部門でもバリバリやっていた現役の管理職である。

「いやあ。遠いねえって僕はこの近くにアパート借りてるからいいんだけど。金沢ではみんな車通勤でしょ。だから電車とか久々すぎて。東京の夏って暑すぎない？」

ほかの国際税法や行政法の教官のように、国税庁で税法にかじりついている研究専門ではなく、現役の課長クラスが担当になるのも、ゼミでは徹底的に実際にあった案件をもとに実務に近いレベルで討議をするからだ。

ゼミで鍛えるのは実務力。いかに速やかに、法律に基づき、不必要に滞納者サイドの心証を損なうことなく処理できるか、ひたすら討議していくのである。完璧に正しい答えなど永久に出ない問題について、いくつもいくつもこなしていかなければならないのだった。

「これから半年間、このメンバーで課題に取り組むことになります。自己紹介済んだかもしれないけど、じゃあ、名前だけ時計順に。近くにコンビニがあるかないかも添えて。あとスタバ」

私たちの会話を聞かれていたらしく、とてもフランクな感じでゼミ一日目が始まった。

ただし、フランクなのは初日の午前の前半だけだった。

＊＊＊

初日はゼミでの自己紹介、および1クールで使用する課題が配られる。

（まあ、半年の長丁場なわけだし、初日くらいは説明と履修手続きで終わるだろう）

そんな風にのんきに考えていたわたしは、ゼミで配られた課題についてすぐに討議するように青木教授に指示されたあたりから、これはまずいかもしれない、という焦燥感を覚えはじめていた。

1クール三回から四回の講義で同じ課題について討議し、班ごとに、司会進行・回答・質問・研究の役割をローテーションしながら討議を進めていく。最初の課題は徴収官にとっては日常茶飯事である財産調査についてである。

「I班はまず、この課題について回答を担当します」

つまり、我々六人でいったんこの課題についての解答を用意する。それにほかの三つの班が総突っ込みという名の質問を投げるので、どんな質問にもすべての解答を準備しておかなければならない、というわけだ。

「いきなり次発表!?」

というわけで、わたしをはじめとするI班のメンバーは与えられた課題について特急で準備しなければならなくなった。

（てっきり今日はガイダンスだけで、夜はみんなで楽しい懇親会だと思ってたのに！）

ゼミ課題の洗礼を受けているのは徴収だけではないらしく、午後を回ったあたりから、課税の友人たちから次々に「懇親会は週末」というメールが届き始めた。それも、まずゼミの親睦会を兼ねるので、わたしが混ざれるような気楽な飲み会は当分先であろう。

「ここの食堂って何時までだっけ」

「たしか八時まで」

「じゃ、そこまでは粘れるか」

「あー、わたし五時起きなんで九時には出たいです」

「そっか、東京組は通いなんだ。早く終わるといーね」

会計学や税法などの座学が終わったあとも、次の日の課題についてのレジュメ準備があり、だれひとりとしてすぐに帰ろうとはしない。解答担当班以外も、班ごとに質問をまとめる必要があるからだ。たいていはだれかの経験則に基づくことが多いから、課題に近い実務経験のあるメンバーが概要を話し、ああでもないこうでもないとひたすら話し合うことになる。

「さて、やりますか」

課題のプリントをめいめいテーブルに広げた。


『課題1　財産調査に関する設問』


ざっと要点を話すと、飲食店経営者Aは三百万円滞納している。財産調査する段階ではこのAは恐喝傷害容疑で起訴され、現在拘置所に勾留中である。

ここで、埼玉の佐藤さんが小さく挙手した。

「経営者が拘置所で、奥さんが店を続けてるなら調査に入るのに問題はないと思うけど、これで仮に家族がいなかったらどうだっけ」

ありとあらゆる方面から質問が飛んでくる可能性があるので、できるだけ事前につぶしておきたいのである。討議型課題の基本だ。

「奥さんっていっても内縁の妻の可能性もあるしね」

「ああ、あったあった。広島でスナックに調査に入った時、本人は別件の詐欺でひっぱられてて立ち会いが愛人だったよ。この愛人がドロンしそうだったんで慌てて調査に入った覚えがある」

広島局の西田さんが似たような案件を処理したことがあったらしい、その時の経験を語ってくれた。

「たしか、婚姻関係、親族関係の有無にかかわらず、財産の保管を命じられた者という定義だったはずです。だからいまもそこに住んでたり店を継続してるのなら、だれであろうと大丈夫」

うんうん、と六人が確認しながら話し合いを進める。

――店はAの妻、および弟により営業は継続されており、この店舗兼住宅を捜索するため、妻に立ち会いを求めた。すると調査当日にAの刑事弁護士および業界組合Bが現れ、「お前らなにさまのつもりや」「こんなことは人道的に許されない」等の暴言を吐き、調査の妨害を始めた。

「あるある」

「よくある」

「めちゃくちゃあるやつや」

若手とはいえ、みな現場で四年修業を積んできた徴収猛者である。似たような経験はとっくに履修済みだ。

「田舎に行けば行くほど自営業率も高くなるから、この手の業界団体に囲われたゴロ弁護士がうようよしてる」

「仕事がないと、自分から自営業者あおって訴えようって訪問販売してくるやつな」

「あいつら金にならないことも実績ほしさにやりよるけん」

「まともな組合の弁護士さんもいるんだけどねー。アタリハズレ大きいよね」

みなわたしと同じ仕事の難しさを抱えているのだろう、地方色豊かな感想がぽろぽろ出て来た。

——Aの弁護士およびBを事務所兼居宅の外へ出るように命じた。これは適正か。

「適正でしょ」

「適正」

「滞納者でもなく、保管者でもなく同居の親族でもなく法的な代理人でもない。よって追い出して正解」

「えーっと、なんだっけそれ。通則法？」

「通達一四五。〝国税徴収法基本通達一四五に基づき、処分の執行に支障があると認められたため、出入り禁止措置をとらせていただきます〟。丸暗記してるから」

「そんなに頻繁にあるの？」

「あるある。それでたいてい『俺は関係者だ！』っていってくるから、そのときは〝滞納者を代理する権限を有する者と証明できますか？〟〝委任状はありますか？〟〝でなければ代理人として認定できません〟」

いままで、数々踏んできた場数が走馬灯のように思い出された。

国税徴収法基本通達は、民法や破産法、会社更生法等の関係法令の内容等を踏まえて国税徴収法を解釈し、適用するための統一的指針で、国税庁のホームページにも掲載されている。わたしたちが財産調査のときによく使うのは一四五項で、わたしは鏡と行く戦場のような調査のため、彼に付いて半月でほぼ暗記した。

「おおー、鈴宮さん、すごい完璧ー」

「俺、それコピーして財産調査用の手帳に貼ってるわ」

「私もメモってる」

自称関係者を締め出したあとは、いよいよ財産調査開始である。

――滞納者甲の妻乙に帳簿の提出と、事務所内にあった大型金庫を開けるように依頼したところ、帳簿は金庫内にあり、鍵は丙（弟）が持っているという。


「はいきた」

「あるある、身内案件」

これらの展開は、現場では本当によくある。よくあるからこその実務例題なのだが。


――適正な捜索対象は。


「まず郵便物のチェック」

「基本だよね」

「それからレシートボックスね。領収書」

クレジットカードの明細などの郵便物が送付されてくる時期はだいたい目星がつくので、そのあたりに財産調査に行くようにしている徴収官もいる。レシート等はある程度たまってから入力することが多いため、たいていどこかにまとめてある。一般的にそこまできっちり金庫にはいれない。

「レシートなら勝手に見られるんだけど、問題は領収書が送付先から封がしてある状態で放置されていることなんだよ」

極北サーファー、ではなく、実家が乳牛を飼育する酪農家だという元木さんが言った。休みの日にサイロに牧草を出し入れする手入れをしているとものすごく焼けるらしい。北海道で日焼け。抱いていた北海道のイメージが崩れる話だ。

「それって、勝手に開けたらだめなのよね、たしか」

「そう、組合系弁護士がうるさいから、たとえその場にいなくてもけっこう慎重に運ばないといけない」

「奥さんに開けさせるんでしょ。でも開けてくれる？」

「変に弁護士に言い含められてたら絶対開けなくない？　だって拒絶はできるよね」

「できる。ただし、協力的でない＝納税に対して誠意がない、の積み重ねになるけどね。そのへんきっちり事前に説明しないとね」

徴収官が一番重要視するのは、じつは本人が納付したいと思っているか、そのための努力としてまず、通知を受け取ってから期日以内に納税相談に来たかどうかである。納税相談にさえ来てくれれば、わたしたちはきちんと対応し、本当にどうしようもない場合によっては滞納処分の停止ということもありうるのだ。

よって、最も最悪なのは通知をことごとく無視することであり、だからこそこの差し押さえ一歩手前の財産調査となっている。この上非協力的な態度をとればとるほど、徴収官の心象は悪くなるし、現実問題としてなにもいいことはない。いくら国税徴収法にがっちがちに縛られ、こうして滞納者への対応ひとつひとつを確認するために大学に半年も通う努力をしていても、我々も人の子である。できれば素直に応じてほしい。

「これって、絶対封書開けないって妻がつっぱねたらどうするの？」

「開けられないけど、差し押さえはできる」

「よね」

「それに、たいてい差出人から内容は割れる」

「せやねー」

「一回だけの取引ってわけでもないことが多いから、領収書か帳簿見れば一目瞭然だし」

——捜索において、差し押さえるべき財産が見つからなかったが、郵便物をチェックすると、金地金販売業者からの滞納者甲宛の封書が見つかった。

「金庫ですね」

高知国税局、福本《ふくもと》さんがとっくに冷めたコーヒーを飲み切って言った。

「こういうお客さん、金、買うよね」

「買う買う。なんでか金だね」

「封書を開けるのを拒否されても、送り主がわかればだいたい金庫の中身はわかるから、金庫をこじ開けるのは法的に問題はない」

しかしながら、なるたけ協力的に、大事にならないようなプロセスで進めるのが調査の大事なところなので、鍵屋に電話は最終手段である。

——徴収官は丙宅へ赴き、金庫の鍵の提出を求めたが、丙はこれを拒絶し金庫の鍵をポケットにいれるなどし、任意の提出を拒否したため、丙の住居の捜索を開始した。

丙のポケット内の内容物の確認はどのようにするのか。

また、丙の住宅の捜索は適法か。

「ポケットには触れない」

「そうだね。身体検査はできない」

「目の前で衣服に入れられてもだめだよね」

「どこかに隠さずに、隠してあるところからわざわざ自分で服のポケットに入れるあたり、俺らが身体検査できないことをよく知ってるって感じだね」

「悪意がある」

「って解釈できる」

解釈、そうこの解釈がすべての課題のテーマである。相手の行動をどう解釈するか。そして法律を、判例を、どう解釈するか。

「この課題って、毎年実際にあった案件をモデルにしてるんだよね。ってことはこういうことあったってことよね。なんでこういう指導ばっかりするんやろ」

「そりゃ、無理やり金庫つぶして開けさせて、税務署はこんな非道なやりくちをするんです！って言いまわりたいからだろ」

「悪意ある解釈だよねえ」

みんなからっぽになった紙コップを持て余しながら、ああでもない、こうでもないと議論を戦わせる。

「丙の住居を捜索するのは適法なのかな」

「できるはず。愛人宅とか、名義が違うけど保管者がよく使う車とかも捜索するし」

「俺、滞納者が借りてるホテル捜索したことある」

「ひえっ、ホテル！」

「あと他社の金庫とかね。銀行の金庫じゃなくて、ぜんぜん別の会社の中にある金庫だったから、裏どりするの大変だった」

「じゃあ、この場合内の家を捜索して、なんにも出てこなかったときは」

「金庫の中の金しかないってことでしょうね」

「ただし鍵はポケットの中だから」

「鍵屋呼ぶしかないね」

「だね」

鍵屋を呼んで、さあ壊しますよというところで何度も任意提出を求めるので、あきらめて自分から出してくれることも多い。こっちも鍵屋を呼べば経費がかかるし、あとあと騒がれて面倒なので、すんなり渡してほしいと切に願っているのだが。

（鏡特官は問答無用で鍵屋コースだけど）

鏡が扱うのはとくに悪質なケースが多いということもあり、彼はこの手の財産調査では容赦しない。おそろしく場数を踏んでいるので、悪質な財産隠しの手口を事典のように網羅していて、逆に財産隠しのプロから手口を学んでいたりする。いったいどこからそんな情報を、というような手口にも精通している。

おかげで、ふすまの色が一枚だけ日焼けしていなかったら中を確かめるようになったし、ネットオークションで妙にプレミアの価値がついている古いおもちゃの取引なんかも気になるようになったし、庭の土を掘り返したあと、いかにも素人工事な新しいコンクリートを流し込んだあとなんかも見分けがつくようになったし、そもそもホームセンターやネットで購入しているものを見れば隠し先がわかることも学習した。事務所のパソコンを調査するとき、もちろん帳簿類には目を通すが、最後にきっちり検索結果もチェックする。隠し場所、とか、二重底引き出しの作り方、とか、検索ワードにひっかかってくればもうだいぶクロである。

わたしはそんな財産調査のノウハウを、鏡特官から目で見て盗んできた。実にさまざまな隠し場所を見てきたが、実感したのは人間そんなにうまく隠せないということだ。自分の家の中で隠そうにも、今の建築仕様では壁紙ははがせばすぐにわかってしまうし、合板のフローリングは簡単には外せない。人間の心理的に庭に埋めるより家の中だから、あれこれ考えあぐねた結果、ベッドの裏や畳の下ということになる。

最近の我々京橋中央署でのヒットは、滞納者本人が、お金を納めたいけどどこに隠したのか忘れてしまっていっしょに探してほしい、と申し出てきた件だ。あまりにも巧妙に隠してしまうと、本人すら忘れてしまうのである。

（だから、そういうところにはわかりやすい金庫はたいていあるし、オリジナリティのある隠し場所なんてケースはあまりない。仏壇の背面を二重にしていたり、スパイ映画よろしく机の引き出しをいじっていたり、椅子の座面に札束をつめていたりするのはまれだ。でも、田舎の家は広いし蔵や井戸みたいに隠し場所も多い。大変だろうなあ）

食堂を八時に追い出されたわたしたちは、そのまま和光市駅前のイトーヨーカドーに移動してそこでも課題の続きをした。結局すべて考えうるかぎりの質問に対する検討を終え、帰路についたのは十時すぎだった。

そこから豊洲駅までの記憶はほぼない。

クレンジングオイルを使って顔をぐるぐる洗う気力すらなかった私は、働く女子の友であるクレンジングシートで化粧を落とすと、シャワーを浴びてベッドに倒れこんだ。

＊＊＊

大学での講義はだいたい午前と午後という呼び方をする。午前にゼミが入ることがあれば、午後になることもあったり、一日中討論ばかりしている日もあるが、反対にみっちり座学が入るときもある。休み時間はたいてい課題に追われ、税法や会計学の小テストがクールごとにあるので予習もかかせない。はっきりいって普通の大学の授業のほうが全然楽なくらいである。

グループで課題をさんざん討議し終え、解答がそろったあとも、発表者の気が休まることはない。本番のゼミで徹底的につつきまわされるからである。

「この課題1ですが、もし、甲の刑事弁護士および組合関係者が禁止措置に従わず、あくまで立ち会おうとした場合はどのような措置が適正だと思われますか」

「……扉を閉鎖等の措置が適正であると思われます」

思われます、とシメるのは、あくまでこのような課題に正解はないからだ。現場でそういう措置が多くとられている、という事実はあるが、それがはたして正解であるかどうかはベテランの徴収官でもわからない。法律とはそういうものなのである。

だから、行使する側にもこのようなデリケートな扱いが求められる。すべては解釈の問題だ。

「では、二人を扉を閉めるまで扉の外に強引に連れ出すことは可能でしょうか。暴力だととられる可能性はないでしょうか」

「しかし、実際問題その場から動かない場合はどうしようもないのでは？」

「はいそこ、質問に質問で返さないで」

「身体の拘束はできないとされているので、やはり手で触れることは難しいのではないかと」

「でも、そんなことを言ってたら禁止措置そのものが事実上不可能ですよね」

発表者以外の三グループから、休むことなく手があがり、かなり活発な議論が展開される。青木教授はその間黙って聞いているだけで特に指導らしい指導はしないが、議論が止まってしまったり、堂々巡りになった時を見計らって指針を示すことがある。

「じゃあ、これと同じような現場経験のある人に意見を聞きましょうか」

名指しでわたしの隣に座っていた高知国税局の福本さんを指名した。

「福本さん」

「……はい」

「出入り禁止の際、退去させることができる、の解釈を現場ではどう行われていましたか？」

わたしは鏡に同行した捜索現場の数々の記憶を掘り起こしてみたが、たいていの場合鏡の不機嫌なハスキー犬を思わせる顔の迫力にびびって、自主的に出て行ってくれたケースが多かったように思う。

「ええと、手は出来るだけ使わずこのように腕でガードして……」

福本さんは身振り手振りで説明しようとしたが、

「すいません、鈴宮さんちょっと立ってもらえます？」

「えっ、はい」

「弁護士役やってください。ここにとどまろうとしてみて」

突然のアドリブ要求だが、そういえば初年度の研修でも小芝居はよくやったなあと思い出した。頭を切り替えて、いつも鏡が対処している中でも特にめんどくさそうなクレーマーの役になった。

「わたしは弁護士だ。滞納者甲から依頼を受けた弁護士なのだから、代理人として立ち会わせるべきだ」

「一四五‐六に基づき、出入り禁止措置を取らせていただきます。すぐにここから退去してください」

「わたしは弁護士だ！　甲さんの代理人だぞ！」

実際にこう声高に弁護士を叫ぶ滞納者サポーターは多いし、中にはバッジを見せつけてくる人もいる。いかにもありそうなやりとりだ。

「代理人とは認められません」

「なぜだ！　わたしは甲さんから依頼を受けている！」

「あなたは甲さんの刑事事件の弁護士であり、この滞納整理を扱う弁護士では――」

「一般の人にもわかるように！」

青木教授から指導が入る。たしかに滞納整理はわたしたちが使う専門用語だ。

「あなたは甲さんの確定申告をした会計士ではないし、納税の猶予の申告もしていません。不服申し立てなどを行う際に委任を受けた弁護士ではありません」

そう、この弁護士はわざわざ課題に刑事事件担当のための弁護士と指定があった。いわゆるひっかけ問題である。実際弁護士は扱う範囲から広く権限をもっているため、刑事で雇われていても民事でもかかわれると思われていることが多い。

「では、たとえばこの弁護士がどういう人間であれば同席を許されますか？」

質問に、わたしたちの班のメンバー全員がノートをめくった。出入り禁止は基本中の基本であるため、あらかじめ下調べ済みである。

「確定申告を担当している税理士や会計士、納税管理人、親権者、後見人、破産管財人などが考えられます」

「この弁護士がそれらに相当する可能性はありませんか」

「もしそうであるならば、この場で証明する必要がありますし、証明できなければ退出が原則です」

「ほかに、この弁護士が調査の妨害を目的として主張する可能性があるものに、どんなことがらがあると考えられますか？」

これには、教室全員がうーんとうなった。意味不明な罵詈雑言は浴びせられ慣れている我々だが、あくまで弁護士は法律をたてに主張を通そうとするはずだ。

佐藤さんが挙手して意見した。

「たとえば、その場で不服申し立てをすると言い出すとか」

「してもらってもいいんじゃない？　通るまでの間は捜索ができるはず」

太地町から来た田嶋さんがすぐ返答する。

「じゃあ、納税の猶予申請をするとか言い出したら？」

「いや、さすがに一度も相談に来てないんじゃ無理でしょう。だから調査入ってるんでしょ？」

「それを一般人になんて言って説明する？」

「一度も納税相談に来ず、税務署からの通達を何度も無視したため、納税の意思がないとみなし――」

「結局そういうことだよね」

「そこで納得してもらうしかない」

再び教室がうーんとうなった。どう解釈するか、解釈してもらえるかの問題はほんとうに難しい。

この日はわたしが弁護士役、元木さんが組合系の滞納者サポーター役で、どうやって部屋から追い出すか。手を使う範囲、体をつかってもいいものかどうか。傷害にならないように警察はどのようにデモ等に対応するかなど、ビデオを見たりして我々がとるべき適正な対応をさぐる討議が続いた。

ゼミは万事この調子で、調査・捜索だけでなく、差し押さえや納税相談時の対応や、実際トラブルになったケースを踏まえた言葉遣いの指導まで、じつに細かいところまでつっこむ。これを半年ひたすらくりかえすのである。

最初の発表を終えたわたしたちには、すぐに別の課題が与えられ、何度も何度もローテーションをするので、わたしと大阪国税局の田嶋さんはドスのきいたネイティブな関西弁がうまいという理由でクレーマー役を仰せつかり、３クール目を終えるころには二人ともすっかり小芝居がうまくなっていた。

＊＊＊

そんな感じで夏の暑い盛りから始まった研修だったが、そのあまりにハードなスケジュールと容赦ない課題攻撃のため、チームはいやがおうでも打ち解けざるを得ない。一週間目の週末に班の飲み会&親睦会をやるころには、名前も出身も、そしてお互い踏んできた場数や経歴もすっかりオープンになっていた。

「うちはさー、和歌山県が広すぎて、山も海もあってめっちゃくちゃ不便でさ。そりゃ、食べ物は最高よ。温泉も出るし。でもうっかり山向こうのちっこい所轄なんかに飛ばされた日にゃ、毎日お昼を食べる場所すらないの！」

和光市内の個室のある居酒屋で、レモンサワー一杯でさっそく気持ちよくなってしまった田嶋さんが、和歌山の不便さについて立て板に水のごとく並べたてた。

「電車なんてあってなきが如しだし、車がないと詰むし、なのに市内はどんどん土地が高くなってるの。田舎のくせに！　でもね、和歌山最高。和歌山の魚最高米最高。紀州は梅だけじゃない。でも梅酒最高！」

最終的には和歌山賛歌になった。わたしも水を向けられれば神戸最高botになりそうなので、田嶋さんの気持ちはすごくわかる。

聞けば田嶋さんはわたしたちよりも二歳年上で、すでに二人の子持ちだという。上の子が三歳、下の子がまだ二歳前というから驚きだ。

「うちはね、旦那が消防士で私よりずっと早く高卒で働いててさ。小学校からいっしょで、高校の時付き合っててそのまま結婚したから、旦那のほうがはやく子供欲しがってたの。でも私はコレがあるやん？」

いつもよりも多めに関西弁が出るのは、アルコールで気持ちよくなっているかららしい。

「わたしは！　女だからってあきらめるの！　絶対！　嫌！　なのよ。でも出産だけは旦那が産めへんやんかー。それでいろいろ話し合って、ウチの母が元気なうちに先に産んどこうって話になったんよねぇ。それで二十五で一人目、二十六で二人目。下が卒乳したんですかさず上司に相談してさ。時短で戻るより研修に行きたいですって。上は子供になにかあったときにとかどうのこうのうるさかったけど、うちは旦那が育休とって母に押し付けてむりやり和光にきちゃった」

きちゃった、とあっさり言うわりには、休み時間に田嶋さんがずっとお母さんから送られてきた子供たちの写真を見ているのを知っている。

「そっか、二人まとめて産んで、一人分の育休で復帰しても徴収の現場はちょっと無理ですもんね。管理部門で時短で」

「そうそう、朝イチで来て三時アガリでしょー。何かあったらすぐ動けるようにって、事務に異動になる。でもわたしは現場のキャリア積みたかったから、親が元気なうちにってね」

「ぜったいそれがいいですよ。賢いやり方ですよね」

佐藤さんがビール四杯目を注文しながら言った。さっきから水のようにビールを吸い尽くしている。飲むのではなく。明らかにこの人は蟒蛇《うわばみ》だ。

「男でも育休とってる同期いましたよ。やっぱり嫁さんが早く復帰したいからって言って」

「保育所、なかなか入れないからね。いざというときは親頼みだよね」

「俺んとこもそうです。嫁、働いてるんで。子供出来たら俺が半分みれるようにって。だから研修終わったらすぐ子供つくろうっていってるんです」

班内男子で唯一の既婚者は旭川の元木さん。奥さんは妹さんの友人で昔からよく知っている仲だという。

「うちは農家同士で、やっぱ家のこと知ってるほうが楽なんです。嫁はいま外に働きに行ってますけど、そのうち家継いで会社やりたいっていってますね。英語ができるんで、外国人向けのファームステイとかやりたいみたいですよ」

親と同居とはいえ、元木さんの家は酪農家で二十四時間三百六十五日休みはない。親をあてにできないため、子供ができたら夫婦二人で交互に見ることになるという。

「すごいなあ。既婚者はそのへん計画的だなって思う」

アルコールを飲まず、ひたすら乾きものを口に運んでいる広島国税局の西田さんが言った。

「でも結局、男も女も早く結婚したほうがいいとは聞くから、そういうこと聞くと焦るわー」

ここで年上であることから田嶋さんがみんなにつっこんだ質問をした。

「この中で研修終わったら結婚する人とかいるの？」

しーんとなる。田嶋さんがわたしを見た。

「鈴宮さんは？」

「えっ、わたし⁉　いないいない。彼氏いません。結婚の予定なし！」

「わたしもなしでーす。この前別れた」

佐藤さんがおしゃれ眼鏡をペーパーナプキンで拭きながらいった。そう、この人実は眼鏡っこだったらしい。初日はコンタクトでぱりっとした雰囲気だったが、だんだん面倒になったらしく、最近はずっと眼鏡である。

「やっぱ遠距離ってダメだあ」

「遠距離だったの？」

「向こうがベトナム支社に転勤になって。結婚してついてきてほしいっていわれたけど、さすがに無理って。今辞めたらなんのためにあんなに勉強して採用試験受かったのかわかんないもん」

佐藤さんの彼氏は大手食品加工会社勤務で、社会人になってから合コンで出会ったそうだ。つきあって一年半、そろそろ結婚を意識し始めたところだったので、彼氏の転勤はショックだったとか。

「そりゃあね。三年目とか四年目っていちばん飛ばされるじゃない？　でも彼氏が言うには海外にいけるのは期待されてる証拠だから、絶対断れないって。私も辞める気ないっていったら、じゃあ遠距離で続けようっていうことになった。でももう、最近既読になっても返事来ないから、終わったなって」

「距離があいてそうなるのはしゃーない」

「うん、どっちが悪いわけでもない」

「人間だもん」

みんなしてヨシヨシと佐藤さんを慰める。

（……ということは、この中で高知の福本さんと広島の西田さんがシングル男子で、佐藤さんとわたしがシングル女子なのか）

高知と広島、どちらもとても遠い。それは名札を見たときからわかっていたことなのだが。

(これは、やっぱりほかの課との懇親会にかけるしかないのか……)

高知国税局の福本さんは、本当に楽しんでいるんだかどうなんだか、常時にこにこ相槌を絶やさず、とり皿をまめに配ったり空いた皿を片づけたりして、あまり積極的に会話には加わってこなかった。

国税は全国組織で公務員の中でも数が多く、仕事もタフなため、仕事関係の飲み会がとにかく多い。だから税務官たちは飲み会慣れしていて、スマホには飲み会管理アプリが絶対に入っているという噂だ。中にはプライベート最優先で飲み会に来たがらない人もいるが、それでも参加する人数が多いのは、体育会系体質ということと、守秘義務の関係で職場仲間にしか遠慮なくストレス発散できないからである。

なので、全員が一通り自分の経歴や家族のことなどを話し終え、まだ話していないのが福本さんただひとりになると、みんなの興味は彼に向いた。

「福本さんは？　高知ってどうです？」

「えっ、いいところですよ。就職先はぜんぜんないですけどね」

「うちは親が国税なんですけど、福本さんのところは？　地方は多いって聞きますけど」

たのだった。

「ああ、うちは親は教師なんです。もうどっちともいないんですけど。姉も教師で」

そして、就職時にはなんとフライトアテンダント志望だったという驚きの過去を明かし
「えっ、アテンダントって女性だけじゃないの?」

「男もいけますよ。外資系は採用人数とか性別の制限はないです」

しかし、残念ながらどこも不採用になってしまったので、親のすすめるままに公務員系の採用試験を受けたという。

「外国に行くのが好きなんですよ。飛行機に乗るのも、空港をぶらぶらするのも。よく休みの日は金曜の真夜中の便でふらっとアジアに飛んで、月曜の朝に帰ってきたりします。着の身着のままでね。だからロッカーにはいつも汗ふきシートとシャンプーと着替えを置いてます」

いまはクレジットカードでたまったポイントでマイルを貯めて、いかに効率よく航空券に替えるかというマイル錬金術にはまっているという。

(マイル錬金術ってすごいパワーワードだ)

「おかげで英語だけはだいぶできるようになったんで、そのうち国際法の研修も受けようと思ってます」

福本さんは、プライベートで頻繁にアジア周辺をふらついているあまり、無駄に世情に詳しくなり、簡単な現地の言語にも慣れている。今では話を聞きたいと税関に呼ばれたりもするそうだ。

芸は身を助くというか、趣味は仕事を助けるものだなあと感心した。わたしもそんな実用的な趣味をもてばよかった。

（私の趣味って、なんだっけ）

ぼんやりとわが身を顧みた。自分で言うのもなんだが、わたしはほんとうにつまらない人間である。

＊＊＊

ストレスの種類にも差があるもので、毎日お客さん相手に仕事をしていたときのストレスと、日々課題に追われるストレスとは似て非なるものである。どちらがましかというと、後者のほうがだいぶ楽で、体力的にはきついがメンタルが削られることはない。一方前者は生きた人間を相手にしているのだから、彼ら彼女らの一生にかかわる分、なにか対応するたびに責任感という鉋《かんな》が心を削る。人間だもの、しかたがない。

そうこうしているうちに、大学の課題地獄ローテーションにも慣れ、徴収課内での週末恒例飲み会が一段落すると、それぞれ幹事慣れしているつわものたちが、交流会という名の飲み会を主催しはじめた。

『北は仙台から南はギリギリ名古屋まで。学科混合』

『独身アリ！　既婚とはテーブル分けます！　既婚は隔離します!!』

もはやなんだかわからないようなメールが飛び交い、わたしはそのたびに「課題が」「しかしこのチャンスを逃しては」「だけど課題が」「テストが」と人生の選択肢を前に頭を抱えていた。

『ぐーちゃんがんばってるー？　和光にいい人いた？』

木綿子さんとは頻繁に連絡をとり合っている。ちょっと課題で聞きたいことがあった時や、日々のどうでもいいやりとりなど。木綿子さんのほうからは、京橋中央署の（主に徴収課の）様子やなぜか鏡特官情報（出勤時のロードバイクが変わったとか、仕事用のバッグがオロビアンコになったとか）で、それははっきりいってどうでもいい。

「先週末、法人課税組と飲み会だったんですよ」

『で、どうだった』

「仲良くなった人はいたんですけど、なんと家が佐世保だったんですよー」

『主催の子にあらかじめ近場同士でテーブルまとめてもらえるように先に言っといたほうがいいわね』

状況を報告し、後方支援を要請すると的確な指示が戻ってきた。よし、これでまだ戦える。その佐世保の彼は、先週シングルだと言っていたのに今日は同じ福岡局の法人課税の女子と歩いているのを見た。泣かない。

法人課税と言えば、華麗なる本店の資料調査課勤務であらせられるところの南部《なんぶ》千紗《ちさ》とばったり顔をあわせてしまい、

「あーら、京橋中央署名物、ハズレ案件専門ハスキートッカン付きのさらに下っ端こと鈴宮ぐー子さんじゃなーい」

と、わたしの状況を的確に三秒でまとめあげたプロフィールをゼミのメンバーの前で披露してくれた。ネットのまとめ記事でもこうはいかない。

「鈴宮さんてぇ、あの顔が怖くてやばそうなトッカンと付き合ってるんだよね。ごめんねー、せっかくだからいまから理研男子との合コンにどうかなって思ったけど、あのヤバい彼氏のこと忘れてたー」

と、こんな過酷な研修中にも一ミリも下がってなさそうなふさふさのまつ毛をふさふさせながら目配せをしてきた。こいつ、いつのまにか涙袋ができていやがる。

(っていうか理研男子！　と、合コン‼)

さすが東京国税局一の肉食ハンター南部千紗、出世コースも男もいまだマサカリ族のように刈り続けていたとは。国税女子に肉食多しといえども、この和光にきてから短期間におとなりの理研男子と合コンができるほどのコネクションをゲットしてしまえるのは只者ではない。

(行きたい！　理研男子との合コン、ちょう行きたい‼)

しかし、南部千紗相手になんと声をかけようかとためらっている間に、それを傍で聞いていたゼミのメンバーから、

「あれ、鈴宮さんつきあってる人いるの？」

「上司なの？」

などという根も葉もない突っ込みを受け、

「違います‼　ぜったいにないです‼　くそっ、あのアマ適当なこと言いやがって！」

と全否定しているうちに、南部千紗の影も形もなくなっていたのだった。

本当に、あいつとはなにもかもが合わない。

はじめは毎週のようにあった飲み会も、三ヶ月を過ぎるころには研修テンションも消え

去って、以前より週末の飲みのお誘いは減った。大学内も、夏の間はどこか浮かれたような観光地めいた雰囲気があったものだが、いまではすっかり落ち着いて、みんな思い思いにマイペースを取り戻しつつある。

週末、和歌山の実家に戻る田嶋さんは課題のすり合わせをスカイプでするようになり、シーズンが終わって旭川への直行便がなくなった元木さんは格安チケットがとれたときにだけ実家に帰っていた。

長いビジョンと精神的よりどころのある人間はタフだ。私のような根無し草から見るとやることにぶれがない。寄る大樹も巻かれる長いモノもないワンルーム一人暮らしシングルの私は、残念ながら三ヶ月たっても特に以前と代わり映えしない生活を送っていた。

そうこうしているうちにあっという間に秋、そして冬が来る。

だんだんと飲み会も減り、季節だけがうつろい来てあんなに暑かった黒ジャケットにコートがいるようになった。すり減ったパンプスのかかとを付け替え、そういえば最近、他課の同期たちからのお誘いも少なくなったなあと思いながらも、それなりに忙しく課題をこなしていたのだが、

「ぐーちゃん、それ、単に他がまとまってきただけじゃないの？」

という木綿子さんの鋭い指摘を受け、ハッと我に返った。

「よく周りを見て。財産調査に入ったときみたいに、みんなの視線の先を見るの。いくら隠していてもちらっと見てしまう。それが金と恋よ」

恐ろしいまでの説得力。そして洞察力。

（そうか、幹事をやってた子がまとまっちゃえば、そういう飲み会もなくなる。つまり、みんな一抜けしてたんだ！）

そういえば、最初のころに彼氏と別れたばかりだと嘆いていた佐藤さんも、最近一緒にお昼をとっている人がいる。徴収ではなく、資産課税の人らしく、それとなく聞くと半月前の最玉会で知り合ったらしい。最玉会とはいつのころからか関東信越国税局内に存在する、埼玉県民による埼玉勤務税務官のための最強組織で、なぜか異様に強固な結束力を誇ることで知られていた。

「そういえば、国税ってへんな部活動みたいなやつあるよね。広島にもあるよ。赤活極《あかかつのきわめ》っていう」

既婚者が大急ぎで羽田空港へ向かい、シングルだけが残った週末の夜、班のメンバーでごはんに行ったときに西田さんがそんなことを言った。

「きわめ……？　カープの応援？」

「いや、基本なんでも応援する会みたいな。地元の草野球でも県大会でもサンフレッチェでも、なんでも応援する会。応援してビール飲んで神輿《みこし》担いで応援して肉食ってまた応援。ビールを飲むために応援してる感じ」

「すごいラディカルでポジティブな集団ですねー」

「でも、広島とか埼玉だけじゃなくて、署ごとにやたら濃いところもあるしね。応援歌があったりとか」

「あれは署長《おやじさん》の方針にもよるんじゃないんですか？」

「本店にいくと、薄まる」

「あー、あと、都会は薄いイメージ」

鈴宮さんどう？　と聞かれたので、東京出身ではないが都民としてごくごく一般的な感想を述べた。

「たしかにそういう話を聞くと、東京はクールだと思います」

「ね、みんなで牛とかアユとかを追いにいったりはしなさそう」

「牛？」

ない。たしかにそれはない。多摩のほうならあるかもしれないが。いやきっと多摩にだってない。

「東京ってそんな感じ。超個人主義っていうか、プライベート優先というか。やっぱ人が多いしねえ」

「まあでもいろんな人がいますよ。おじさんたちはサッカーとかやってるし、山行ってる人もいるし。東京ドームでパーッとやる会みたいなものはあるんじゃないですかね」

さすがに数ヶ月も毎日毎日顔を突き合わせてくると、みんなそれぞれのプロフィールもインストールされて長年の同僚のようになってくる。家族もちの田嶋さんと元木さんはできるだけ家族のもとに戻れるよう、普段は率先して課題に取り組んでくれるし、わたしたちも週明けにゼミ発表などがあるときは、負担のないようにはからったり、いわゆるチームワークができてきた。遠方から出て来ている人が大半だから、まとまった休みはみんな地元に帰る。一時のような東京観光ブームもおちついた。

ブームと言えば、この研修期間中にまとまったらしいカップルが、授業が終わって中庭で待ち合わせているのを見ると、思わず数を数えてしまいそうになる。木綿子さん曰く、〝あそこでパートナーを待っているのはみんな付き合いたて〟だそうだ。

(今日は十五組はいたなあ)

しかし、何ごともブームというものは去ったりぶりかえしたりするもので、なんとなく季節がジングルベルめいてきた十一月のころになると、一時はぱったり途絶えていた交流会のお誘いメールが再び回ってくるようになった。やはり、クリスマスくらい一緒に過ごす相手がほしいと思うのはどの課の人間も同じらしい。

（参加したい、けど、いまさらってどうなんだろ）

それなりにまめに交流会には参加するようにしていたのだが、夜中までつきあえる寮や近場で生活する地方出身者と違って、どうしてもわたしには終電の時間がある。終電があるので、と先に抜けることが続くと、なんとなくいい感じにしゃべっていた相手と連絡先を交換できない。しかし、会がはじまってすぐに連絡先を聞くのも変だし、必死だと思われるのもしゃくだ。

（だいたい、連絡先を交換するのって写真をとって、それを送るために聞くのが定石なんだよね。写真なんて最後にとるものだし、わたしだけ連絡網から外れてるのもそういうことなんだよね……）

まさかの通学民の落とし穴。こんなことで貴重な出会いのチャンスを逃してしまうとは。

しかし自分の力ではどうしようもない。

こんなときにフォローを頼める同期の友人たちも、たいてい東京管区なので立場は同じだ。

「今年もひとりぼっちのクリスマスかー」

とはいえ、東京ほど独り身にやさしい街はほかにはないと聞く。ラクーアでマッサージを受けてネイルに美容院でかるく二日はつぶれるし、ここ毎年わたしのクリスマスは自分リフレッシュのために使われている。

なにも問題はない。致命傷にはならない。独身女がクリスマスが寂しくて彼氏がほしいと嘆くような時代は終わったのだ。

ただほんの少し、ふとした瞬間に赤と緑のクリスマス色が心にしみるだけで。

そんな人間はわたしだけではないらしく、二十三日の天皇誕生日に飲み会のお知らせが回ってきた。忘年会という名のやっぱり懇親会だが、家族持ちは授業が終わればすぐに羽田もしくは東京駅へ直行なので、自然と集まるのはシングルだけになる。

「じゃあ、あとはそれぞれ持ち帰りで」

「判例の解釈の件、グループLINEに投げときますね」

「よろしくおねがいしまーす。じゃあまた来週！」

長い研修も五ヶ月も繰り返していればこなしかたにも慣れてくる。はじめは課題をこなすのでいっぱいいっぱいだったメンバーも、最近では討論を楽しむくらいの余裕ができるようになっていた。研修はあと二ヶ月。年明けには試験があり、それが終われば研修も修了。みな地元に帰る。これ以降は選抜メンバーによる短期の専門研修ばかりなので、同期全員が一か所に集まっての長期のものはもうない。

同じ仕事をしながらも、管区が違えば二度と会うこともない。そんな同期が何百人も集まっている。

「まるで、アメゴみたいだなあ」

午後の学科がおわり、それぞれ新しい課題をもらってさあクリスマスという週末の夜、中庭で交流会へいく友人を待っていると、同じようにだれかを待っているらしい福本さんがボソッと言った。

「アメゴってなんでしたっけ」

「魚。鮭の仲間」

研修仲間たちが大学の校門から出ていくのを見送りながら、

「うちの実家の近くに川があって、そこにサツキマスっていうか、アメゴが戻ってくるの。産卵してまた海に向かう。鮭の仲間ってみんなそうなんだって」

「もしかして、アマゴのことですか？」

「あっ、そういう名前のほうがメジャーかも。けど、高知ではアメゴっていうよ」

福本さんは、ぽちぽちスマホをいじりつつ、ぼんやり校門の外へ向かう人の流れを見ていた。

「アメゴって、サケの仲間だからメスは海に行くやつが多くて、オスは川に残る」

「ああ、だから鮭って川で産卵するんだ」

「川に残るメスもいるらしいし、二年くらいして何を思ったか突然海に向かうオスもいるらしい。でも、たいていみんな生まれた川に帰ってくる。俺らみたいじゃない？」

「ここで生まれて？」

「そうそう。徴収官も、課税も、ここで最初の研修を受けるやん」

「うん」

自分が研修当初に感じたことを、福本さんも同じようなたとえで感じているということにシンパシーを覚えた。

「わたしら、五年目の鮭」

「結婚する奴ら多いのもわかるやね」

言われてどきっとした。聞けば福本さんもわたしと同じ居酒屋に向かうらしい。つまり、シングルのための交流会と言う名の合コンにだ。

「連休だから、みんな地方のひとは実家に戻るのかと思ってました」

「お金かかるしね」

「マイルとか貯まってるんじゃ？」

「クリスマスとか連休なんて高いときに陸《おか》マイラーは飛ばないですよ」

「おかま？」

「いやいや、おかまいらー。陸にいてマイルを貯めてる人たちのこと」

福本さんが言うには、基本的にはマイルは飛行機を使って移動した距離に比例するので、飛行機で遠くへ行かなければ貯まらないが、クレジットカードのシステムをうまくつかえばポイントをマイルに効率よく交換できるのだという。

「電気代とか、家賃とか食費とか、そういうのぜんぶクレジットカードで精算すんの。マイルのたまりやすいカードを研究してポイントからポイントへ、それからマイルへ変換させて何万マイルも貯めるんだよ。それで、飛行機の閑散期とかマイル少な目で航空券に交換できるときに使ったりする。連休は基本高いし、マイルで交換する航空券だと席がおさえられないから、陸マイラーはおとなしく陸にいる」

「なんか、そう聞くとそういう習性の動物みたい」

「でしょ」

交流会という名の合コンが始まると、私と福本さんは別の席へ案内されたが（たぶん、同じ管区同士でテーブルを分けられたのだろう、目的が目的なだけに）、いつのまにか顔見知りの徴収官同士集まって、仕事や課題の話に花をさかせていた。

「福本さんて、高知のひとなのに、お酒飲まないんだ！」

けど」

「そう。だから旅に出ても地酒とか地ビールとか飲めなくて。おかげでトラブルも少ない
「酔っぱらうと絡まれる？」

「いや、財布とられる。ケータイとか。すすって横によってきて話するだけにみせかけて
スマホのセキュリティロックの番号とか見られてるもん」

「うそー、怖ー」

福本さんから聞くマイルの貯め方や行ったこともない異国の話はどれも興味深く、すっかりそもそもの目的も忘れて聞き入ってしまった。

「俺んちもう両親いなくて。いまは海よりにある実家もほとんど使ってなくてね。週末はそこに戻ってぼんやり海をみてたり、釣りしたり。地元の友達で、小遣い稼ぎにタクシーの営業途中にウーバーみたいなのやってるやつとかもいて、そういうやつらは酒のめないから、客待ちのときに会ったり」

「うーばーって？」

「個人タクシー。外国じゃメジャーなアプリだけど、東京みたいなでっかいタクシー会社があるところじゃ普及しないのかなあ。でもめっちゃ便利よ。そのうち日本でも当たり前になるんじゃないかな」

彼の実家のそばには、いまでもアマゴが戻ってくる川があって、シーズンになると毎週末釣り客でにぎわうそうだ。今ではネットで高知の離島の海が評判になったりして、そういう理由で週末タクシーのバイトをしている友人も多いということだった。

「でも、まあ、俺は一生に一度くらいは東京に住んでみたいけどね」

と彼は何杯目かのウーロン茶を飲みながら言った。その理由は、やはり羽田と成田からでないと飛べない路線が多いからだという。

「東京にいたら、週末ふらっとモンゴルとかいけるよね。ふらっとメルボルンとか」

「ふらっとの距離感が違いすぎる！」

「鈴宮さんも、よかったらマイル貯めなよ。実家に戻りやすいよ。新幹線よりだいぶやすいし。マイル貯めよう？　俺のお薦めのクレカ教えるから。マイル錬金術も」

「出た。マイルの錬金術師！」

福本さん発、すごいパワーワード。

「最近じゃ航空関係の事故とか株とかチェックしててさ。なにかニュースになると、航空会社がすかさずキャンペーンうつからずっと張ってんの。次の目標はNYにファーストクラスでいくこと。もちろん全額マイルで」

「トレーダーみたい」

「それ、もう仕事にしたほうがいいですよ！」

げらげら笑いながらクリスマスイブの夜は更けて、通学組のために一次会がお開きになった。

（なんだか、結局福本さんとばっかり話してたなあ。マイルの話おもしろかったからいいんだけど）

個人的にもクレジットカードの有効活用術には興味があったので、合コンとしての意味はなくとも大変有意義な時間だった。

（鏡トッカンもかたくなにローソンでしか買い物しない派で、わざわざ近場のコンビニを使わずに離れたローソンに執着してたけど、今日聞いたかぎりじゃあれもきっとポイント関係だな）

鏡の場合趣味がロードバイクとはっきりしているので、貯めたポイントをなにに使っているのかまでは謎だが。

きっと今頃クリスマスも年末も関係なく、愛車を担いでどこかの山道を走っているに違いない。いやいまは夜だから、さすがに移動中なことはないか。

（そういえば、自転車が趣味の人たちって交通費浮かすためにバンで移動することが多いって聞いたけど、鏡トッカンはあんまり群れてるイメージないなあ。サークルとかに合わ

なさそう。それとも、同じ趣味の人たちにはあの不機嫌なハスキー犬みたいな顔を崩してにこやかにやってるんだろうか）

「鈴宮さん、ちょっと」

レモンハイ二杯で気持ちよくなった足で駅に向かって歩いていると、一次会で抜けてきたらしい福本さんに声をかけられた。

「あの、さっき、なんかクレカとかマイルとか力説しちゃってごめん。うざかったかも」

「そんなことないですよ。ほんと貯めようかなって思ったし」

わたしの返答がお世辞ではないことが伝わったのか、彼はわかりやすくああよかったという顔をした。

「すんません。マイルオタクなんで、つい力説しちゃって」

「趣味があるっていいですよね。仕事にも繋がるし。うらやましい」

「そう？　そうかな。だといいけど」

なんとなく、二人で並んで駅へ向かった。福本さんはここから二駅先の駅前に局が借りたアパートに住んでいるらしい。

「お正月は、さすがに戻るんですよね」

「墓参りもあるし、姉が結婚して近くに住んでいるんで、家の手入れにいきます」

「あー、大掃除。うちも手伝ったほうがいいから、早めに帰るか」

父が、一度は手放した店舗付き家を取り戻してから必死に働いているのは知っている。最近プレゼントにスマートフォンを送ったら、あっという間に使いこなして新作の写真を送ってくるようになった。

昔から店をごひいきにしてくださるお茶の先生が、どうも私をお見合いさせなければならない物件だと思っていることだけが気がかりで、なかなか実家に戻る気になれないでいたのだが。

「そういえば、鈴宮さんて実家神戸だっけ」

「そうなんです」

「そっか。神戸と高知ってLCC飛んでるから、一回行こうかなって思ってて。神戸牛のうまい店あったら教えてください」

それから、高知に来るときは冷凍カツオ食わされないように。自分にメールくれたらタクりますと言って電車を降りていった。

なんだかいつもの一・五倍くらいの早口で喋った後、帰りの電車の中でほろ酔い気分も抜けた。

——あと四万十のほう、三月行くとめちゃくちゃ菜の花がきれいですよ。

追い打ちのようにＬＩＮＥまできた。急いで返す。

──ありがとうございます。行ったことないから、高知、一度行ってみたいんです。

（ど、）

電車が私の心のようにガタンと大きく揺れて、思わずつかまるところもなくてよろめいた。

（どういう意味なんだろう）

社交辞令か、本心か、それともなにかのお誘いなのか。

（解釈が、わからない）

久しぶりに、ドキドキぐるぐるしているうちに、今日がクリスマスイブだということもすっかり忘れられた。

＊＊＊

結局、その年の年末は早めに神戸へ戻り、このときくらいは親孝行に徹することにした。しかし、我が父は和菓子屋恒例の鏡餅とお供え餅の生産で猫の手も借りたいくらい忙しかったらしく、二十八日に帰省しても我が家は戦争状態で、なかなかゆっくり話すことはできなかった。

和菓子屋の朝は早い。和菓子には朝生菓子といわれるジャンルがあり、その日にしか売れない生ものを店に置くことが大事だといわれている。父は、どんなにコスト高になると母に説得されてもこの朝生菓子をやめず、朝三時半には起きてボイラー室へ向かう。

いまではその父も、朝生菓子の数を少なくして、夏には洋風の流し菓子などを作ることもある。けれど、いまでも名物のしっかりと豆のかたちが残った餡《あん》を挟んだどらやきや、御祝い事、お茶やお花の席にいただく式菓子や生菓子は毎日作っている。

「最近じゃ、おこわばっかり売れるんや。このへんみーんなじいさんばあさんばっかりになってもうたからな」

それでも、父が（この歳の父がである）こんなに忙しくするほどの仕事が店にあることがありがたかった。いかに和菓子に昔のような需要がないとはいえ、おりおりの場に必要とされていることがうれしく感じるのは、生まれた時から父の使う練り餡用のへらやはさみを見て、米や豆を蒸す匂いをかいで育ってきたからだろう。

「へえ、お父ちゃん、小麦アレルギーの子供のための蒸しパンなんて作ってるんねえ」

「学校の先生しとる人が頼みにきはってな。お孫さんが卵と小麦のアレルギーでなんにも甘いもの食べられへんゆうてな。じゃから、豆の餡やらをクリームみたいにして見様見真似でケーキを作ったんよ。ほしたらつぎつぎに注文が入ってな」

　頑固一徹、洋菓子なぞぜったいに置かぬとつっぱねて母を困らせたこの父の矜持が、まさかめぐりめぐってアレルギーの子供のためになっているとは。あの世で母が聞いたら驚いて、それから父を自慢するにちがいない。

（さすが、うちのお父ちゃんやでって。そう言うねんよな、お母ちゃんは。いっつもな）

　一度父の手元を離れ、人の縁と恩によってもう一度戻ってきた我が家を丁寧に掃除して、大みそかはあるものをお重につめてかたちばかりのおせちを作った。

「お父ちゃん、白みそないで」

「こうてないわ」

「じゃあ、ちょっとコープ行ってくる」

　夜の八時に店を閉めて気づいて岡本の駅前にダッシュ。そういえば、どの店のシャッターにもしめ飾りがついている。お正月なのだと感じた。

「ほんで、研修とかどないなんや」

「どないもなにも、毎日勉強しとうよ。大学やもん」

「ほうか。……それでいつ戻るんな」

「四日かな。あんまり混む時間はいややねん」

「……ほうか」

父はほかになにか言いたそうにビールを飲み、テレビを見ていた。いつもあまりお笑いの番組など見るほうではないので、ちょっと変だなと思った。

(そういえば、ビールもノンアルコールになってる)

父の妙な沈黙の理由はすぐに判明した。父とともに近所の氏神さんにお参りをし、ぼうっとしているうちに三ヶ日が過ぎた。その間、ゼミのメンバーからは年賀状代わりの地元を写したスナップが届いていた。田嶋さんはお子さんと旦那さんと。元木さんは奥さんと乳しぼりをしている姿(なんと大みそかは仔牛の出産で正月どころではなかったそうだ)。広島の西田さんは出雲大社まで友人たちとドライブをし、初日の出とともにジャンプしたいかにもな写真がインスタグラムに投稿されていた。

和光で資産課税の彼氏ができた佐藤さんは、人のごった返すどこではない明治神宮に着物を着て出かけたようだ。考えただけでも面倒くさいのに、その面倒くささを軽々と乗り越える付き合いたてパワーのすごさ、ただただうらやましい。

そして、高知の福本さんは、神戸には来なかった。

ひたすら毎日、高知のおいしい魚や鍋、海や龍馬像なんかをプレゼンのように送ってくるだけだ。なので、わたしもむきになって普段は食べもしない神戸牛を買ってきて意味もなく突然これみよがしにすき焼きをはじめ、父に驚かれたりもした。

いちおう、京橋中央署の同僚たちにも新年のあいさつは送った。木綿子さんやはるじいからはやはりちょっと贅沢なおせちやカニの写真が送られてきて、社会人のストレスはおいしいごはんでしか癒せないことをしみじみ痛感した。鏡以外のトッカンや統括官はわたしが研修に出る前の七月に異動になっており、麴町署に異動になったヨナさんからは、やはりバウムクーヘンを買いに千葉まで出かけたレポートが届いた。ヨナさんには、うちの店の名物超つぶつぶどら焼きを送った。バウムクーヘンと物々交換である。

わたしの上司こと、鏡特官には短めのメールを送った。返事はわりとすぐにあったので、ああトッカン、いま一人なんだなと思った。

（まだ住んでるんだろうか、あの九段下のお化けマンション）

東京で、一人でいることは珍しくも不幸でもない。だけど、あんなに栃木栃木と栃木愛を口にするくせに、年が変わったときに栃木にいないのだ、彼は。まあ、明日からまたロードかもしれないし、今だってあのお化けマンションにいるんじゃなくてたまたま温泉宿でまったりしていた時だったのかもしれないし、鏡のことなんてなにも知らないけれど。

（鏡トッカン、そういえば去年うちのお菓子持って帰ったら、食べてくれたなあ）

甘いモノ、そんなに好きでもないくせに。

鏡に郷里土産を持って帰るのもこれが最後かと思うと（さすがに今年はみんな異動になるだろうし）、わざと賞味期限スレスレの生菓子を持って帰るのはやめておいてあげようと思った。

本当は四日の夜に戻るつもりが、四日の朝早くに新幹線に飛び乗って帰京した。というのも、突然父が、

「明日、岩園の加藤《かとう》さんがお見えになるから、家におれ」

と言うからである。

「加藤さんてあのお茶の先生やろ？　お菓子買いにきはんのん？」

「そうやない。お前に会いにきはる」

「なんでわたし？」

「……そやから、おるんやで」

いやな予感がした。芦屋岩園の加藤さんと言えば、父の店の常連で京阪神では名の知れたナントカ流（何度も言われたが覚えられない）のお茶の先生である。

（たしかあの先生って、趣味でお見合いおばさんしてはった人だ！）

これは釣書持参で押しかけられる、とピンときた。

（やばい、逃げないと）

会ったら最後、父の客ということで、その加藤さんの顔をたてて一度は相手と会うはめになる。しかしわたしはまだまだ東京を離れる気はないし、父の商売の義理がある相手と会うのもいやだ。

（たぶん、わたしが想像しているよりぜったいに社会的にもお得な物件だっていうのはわかってるんだ。相手は公務員とか、大学の先生とか、加藤さんが釣書もってくるんだもん、そこそこのレベルだろうって。でも……）

たとえば和光で知り合った相手が大阪管区だとかいうなら別だけれど、いまは義理に縛られた恋愛はしたくない。だってまだ二十七なのだ。

釣書だけ見ていけば、いやいや加藤さんに会うまでに逃げろ、というふたつの相反する心に揺れながらも、仕事があるからと朝起きてすぐに家を出た。当然ながら父は怒って声を荒らげたが、

「そのうち、つ、連れてくるから！」

父を黙らせるには、相手がいるようににおわせるしかない。東京に付き合っている相手がいるのなら、見合いを嫌がって逃げても父は加藤さんにいいわけがたつだろう。嘘も方便。いや、ぎりぎり嘘をつかずに、もっていきたい結果へ誘導する。悲しいかな、わたし

の仕事はそういうことをやる仕事だ。

しかし、実際東京に戻って会う相手がいるわけでもない。

（あんなふうに言っちゃったからなー。だれかとツーショット写メでも送らないと、お父ちゃん納得しないだろうなあ）

京都を過ぎるころには意識がなくなり、気が付くと品川だった。二時間強爆睡していたらしい。まだ朝早い時間だったので、自由席もなんとか確保でき幸いだった。

ホームタウンである豊洲につくと、ショッピングモールへ向かう家族連れと初売り帰りの若者でごったがえしていた。そうだ、バーゲンだった。なにかほしいものを思い浮かべようとしたが、今からあの人込みをかき分ける気にならず、もう家でゴロゴロしながらネットで買い物すればいいかと自宅へ戻った。すぐ目の前にショッピングモールがあるのにこのざまである。

（だって、風邪もらうのいやなんだもん。新幹線でもせき込んでる人いっぱいいたし）

わたしは二月にある研修総仕上げの試験を意識して、インフルエンザの予防注射もばっちり済ませていた。

（この時期は人込みなんて避けるにかぎる。マスクと手袋必須。エレベーターはグーで押す。外のトイレのドアも肩で押す。指は使わない！）

大学受験を風邪で失敗した苦い経験を持つわたしは、常日頃からインフルエンザと風邪対策はぬかりなかったが、ほかの人間はそうではなかったらしい。

福本さんからめずらしく土佐自慢メールがこないな、と思っていた矢先、いやなニュースがスマホに飛び込んできた。

「ちょっと待って、なんでみんな倒れてるの⁉」

わたしを除いたゼミのメンバーほぼ全員が、地元で寝込んでいたのである。

困ったことになった。

まず、福本さんが倒れた。正月早々、生牡蠣《なまがき》に当たったとのことで、どうやらノロらしい。医者からは一週間外出禁止令を出されているので、戻るのはギリギリになりそうということだった。

次に連絡が入ったのは埼玉の佐藤さんである。思った通り初詣にいった明治神宮でインフルエンザをもらってしまったらしく、こちらも資産課税の彼氏さんと同時期にタミフルのお世話になっているようだ。

『ごめんなさい。休み明けすぐにゼミ発表だったよね。なんとか戻れればいいんだけど、まだ課題の準備できる頭じゃなくて』

　同様に寝込んでいるのは佐藤さんたちだけではない。実家で子供がつぎつぎに熱をだし、その看病に追われるうちに田嶋さんまで喘息《ぜんそく》に至る風邪を罹患《りかん》した。広島の西田さんだけはそこそこ元気だったが、正月に大山《だいせん》にスノボに出かけてからずっと調子がよくないらしく、いまR－1を呑んでなんとかしのいでいるとのこと。

　そして、極めつけが元気なはずの旭川の元木さんからの、

『ごめんなさい、飛行機が吹雪で飛ばない！』

なんと、予定していた飛行機が欠航になり、いまも千歳で一泊しているという。しかし分厚い雪雲がなかなか上空から動かないため、千歳周辺は年始の帰省客と中国やオーストラリア方面からのスキー客で阿鼻叫喚の地獄絵と化しているらしい。

『ほかの手段で帰れないか探ってみたんだけど、みんな考えることは同じで寝台特急も無理。そしてごめんなさい。予算的な関係で、できればこのまま同じ航空会社の代替え便で帰りたいです』

　気持ちは痛いほどわかる。この正月時期の北海道－東京間の交通費はめんたまが飛び出るほど高いのだ。飛行機が飛ばないなら寝台特急で帰ってくればいいじゃない、というわけにはいかない。

「ということはもしかして、休暇明けのゼミ発表って、最悪わたしひとりなわけ？」

明日和光に持っていくバッグの準備をしながらわたしは震えた。

田嶋さんは完全に和歌山の実家で撃沈しているし、佐藤さんも絶賛インフルでまだ復帰は無理。元木さんはお天気次第、本当にいつになるかはわからない。西田さんは今日の新幹線で戻ってくる予定ということだが、昨日から連絡事項が既読にならないのが気になる。

そして福本さんはノロ。

(呪われてるのはわたしじゃん!!)

せっかくおいしい(かもしれない)見合いの話を蹴って帰ってきたというのに、ゼミのメンバーがほぼ全員全滅してるって、いったいどういうことなのだこれは。たった一人で、クラスのほかの二十人から、質疑の集中砲火を浴びよというのか。

たった一人で、あの質問に次ぐ質問の弾を打ち返せというのか。

(嘘でしょ。明日はレジュメも準備できないのに)

二月の研修修了を前に学科のペーパー試験がある。そして、その試験の直前に行われるのが、いままで五ヶ月ゼミで繰り返してきた実務研究の成果を見せるための、ぶっつけの討論だ。つまり、その時間になるまでゼミのメンバーはどういう課題と質問があたるか知らされない。

(たぶん、わたしたちのゼミがやったところを中心に出題されると思うけれど、それも本当にそうなるかわからない。そして助けてくれる人はいない。もしくは病み上がりでまともに頭が働いてない。なのに発表に立たされる。延期はなし。結論、青木教授は鬼！）

いままでの経験と課題への取り組み方がつまびらかにされる、これほど恐ろしい試験はない。

（どうしよう。ここで大きく点を落としてしまったら）

通則法や国際法のペーパー試験はもちろんだが、それ以外に大きな要素になってくるのがゼミである。積極的に発言したか、どう対応したか、実務に応用がきくように身についているか、柔軟に対応できるか、教授はすべてに点数をつける。そしてわたしはいままでゼミで積極的に討議にかかわっていたかと言えば、あまりそうではない。I班では佐藤さんや西田さん、ほかの班のいつも挙手して質問をするメンバーを除けば、座学教科と同じようにメモに徹する人間がほとんどだった。そして、わたしもどちらかといえばそちら側だったのである。

だから、この試験ではなるたけ積極的に発言していこうと、いかなければ点数はないと休暇中に決意していたところだったのだ。しかし、

（積極的どころか、わたししかパーティメンバーいないじゃない!!）

のっけから全滅必至である。

（どうしよう、どうしよう。いや、まてよ。ヤクザの事務所に鏡特官と乗り込んだときに比べたらこんなテストなんてなんでもないじゃないか。よくわからないスピリチュアル系の集会真っ最中に乗り込んだときに比べたら、こんなのへでもない）

ああ、でもここに鏡はいない。あのときは鏡の背中に半ば隠れていればよかったが、ここには助けてくれる人はだれもいないのだ。

（ああ、ほんとにどうしよう!!）

さすがに授業はじめの日は、北海道組が全員揃っていないこともあって急きょ座学のみになった。それでも、ゼミは明日から始まってしまう。班の連絡網によると、田嶋さん・佐藤さんはまだ沈没中。元木さんは今日の夜の飛行機で東京に戻ってこられそうだということだった。

しかし、始業日に顔をだした広島の西田さんは見事なまでに風邪菌の生ける培養地と化していて、うるんだ目にマスク姿でなんとか授業には出たものの、ずっとせき込んでいたので明日の戦力にはならない。むしろ、うつされたくないので寝ていてほしい。

唯一光明が見えたのは、正月早々牡蠣にあたって死んでいた福本さんが完全復活していたことだった。

「いやー、まさか牡蠣に当たるとは思わなくてさ。おかげでずっと寝てたよ」

すこしこけた頬で現れた福本さんは、わたしが持って帰ってきた店のどらやきをおいしそうに食べてくれた。

「俺、甘いもの大好きなの」

「よかったら全部食べてください。みんなのぶん持ってきたんだけど、無駄になっちゃうから」

「元木くんは今日中には帰ってこれそうか。じゃあ明日は元木くんと、三人かぁ」

「田嶋さんも明日の夜には帰ってきたいって。家族の看病して最後にお母さんが倒れるのはあるあるだよね」

「じゃ、明日はなんとか二人でがんばろっか」

言われて、年末の最終日に電車の中で言われたことを思い出した。

（そうだ、あれ、あれってどういう意味だったんだろう）

「そういえば、あの、福本さんは」

「うん」

「お正月、神戸に来る予定だったんですか……？」

我ながら、けっこう核心に近いところをずばっと切り込んだように思う。

「あー、えっと。行こうとは思ってて。でも旅館とか正月料金が高いから」

「うん」

「ギリギリまで粘って、格安ででるビジホとか狙ってて」

「うん」

「そうこうしているうちに、牡蠣に」

「あー」

「ほんとは行って、おいしいモノとか神戸牛とか食べるつもりだったから」

福本さんは、ぼそぼそと、マイルのことを語っているときの半分ぐらいの滑舌と声量で言った。

「明日、乗り切ったら二人でごはんとか行きませんか」

「!!」

一瞬、脳が言われている内容を理解しきれずにわずかに間が空いた。

「えっと」

「打ち上げっていうか。あ、もし班のみんなが戻ってきてたら、班の新年会でも」

「いえ！」

そこは強く否定した。魚屋でかんぱちと鰆《さわら》の区別はつかないわたしでも、個人的なお誘いかどうかの区別は付く。これは、きっと、チャンスだ。郷里の父に意味深なツーショットを送るための。そして、和光の勝利者として署長《おやじさん》にドヤ顔凱旋するチャンスなのだ。

(お互い、高知と東京。もしいいかんじで付き合えたとしても遠距離は必須。でも福本さんだってそれくらい承知の上で誘ってくれてるんだから、そんなのどうってことないってことだ。それにマイルをためるのが好きな人なんだったら、喜んで東京に飛行機で来てくれるはず)

彼は言っていたではないか。航空会社の上客になるためのポイントはマイル制度とは別にあって、それを貯めるには国内線に数のることが必要だと。

こんなにお互いの利害が一致する遠距離恋愛の彼氏がいるだろうか!!

「が、がんばろ!」

思わず帰りの有楽町線の中で声が出てしまった。隣に座っていた中年男性がびくっとしてわたしと距離をとったが、高ぶっているわたしには見知らぬおっさんの反応などどうでもよかった。

(そのためには、明日、福本さんになさけないところは見せられない!)

同僚同士で合コンをするとき、女性サイドはどうしても相手がどれくらい仕事ができるのか、できないのかを気にしてしまう。そして相手が自分より査定が低いと、なんとなく恋愛対象から外してしまうのだ。これがよくないと木綿子さんは説く。

「だって、ほかの会社の人だったらそんな細かいところまで見ないじゃない。せいぜい適度に休みがとれる会社で、子育て手伝ってくれそうで、実家がめんどくさくなさそうで、程度で。会社が違えば社内評価なんて正確に把握できないものでしょ。でも結婚するでしょ」

まったくもってそのとおりである。実際問題仕事ができなくても社内評価が高い人だっているし、その逆もいる。もっと言えば安定して給料を運んでくれる相手なら、あとは個人同士の問題だ。その人と一緒に住めるかとか、家族になれるかとか。わたしの場合は子供がほしいかどうか、とか。

けれど、心情的に頼りにならない相手にはどうやったって心惹かれないのはしかたがない。だから明日、わたしは福本さんの前でなさけない姿は見せられないのだ。

(なんとしても質問の雨あられを潜り抜けて、夜いいかんじで打ち上げるのだ。二人きりで！)

そのためには、手段など選んでいられないのである。

(わたしには、これしか方法が残されていない!!)

決心したわたしはスマートフォンを手に取り、連絡先からたった一人の直属の上司の名前を選び出した。

一人頷いてコールする。じっと画面を見つめてしまう。時間は夜九時。意外なことに5コール目で彼が出た。

『なんだ』

久しぶりに聞く、不機嫌なハスキー犬が嫌いな相手に唸るときのような声。

「あのっ、ご無沙汰しています。トッカン、鈴宮です！」

『そんなことはわかっている』

「お、お元気そうで。あっ、ちがうな、明けましておめでとうございます⁇　えっ、まだ松の内だっけ、どうだっけ」

『どうでもいい！』

一喝された。すごい、懐かしいこの感じ。罵倒されるのが懐かしいと感じるわが身も、パワハラが身にしみているという意味でどうかと思うけれど。

『何の用だ』

「えっと、お忙しいところ申し訳ありません。こんなことをいまさら鏡特官にお聞きするのはたいへん、申し訳なく、まったくわが身の不徳の致すところで……」

『回りくどい！』

「すみません！　助けてください‼」

一瞬の間をおいて、俺は警察じゃないという返答がかえってきた。ごもっとも。

「かれこれこういう事情で明日、ほぼわたし一人が討議の矢面《やおもて》に立たねばならないんです！　青木教授と二十人の敵にめった刺しにされるんです！　どうかお力をお貸しください」

『俺は専科に行ったことはない』

そうだった、鏡特官は高卒組なので本科である。それでも最短ルートで本科をクリアし、本来ならそこそこキャリアを積んでからしか出向することのない官房や庁や他管区へ若くして出ているのだ。わたしの身近でもっとも場数を踏み、もっともヤバい敵を屠《ほふ》ってきた戦果をもつソルジャーは彼をおいてほかにはいない。

今、わたしに必要なのは説得力のある経験談と正しい法的解釈だ。

「でも、鏡特官ほど滞納者に訴えられている徴収官はほかにはいません！　説得力のレベルが違う！」

『お前、喧嘩売ってるのか』

「いや、まちがえました。審判所にお世話に……」

『同じことだ、もういい』

「待ってください。本当に困ってるんです！　十五分だけでもいいのでわたしにください！　正嗣の……、そうだ、通販でお取り寄せしたらクール便で送料千円もかかる正嗣の餃子をトッカンの家に送りますから！」

相手がなにを望んでいるか、相手がどこで落とし前をつけたいかをつねに探ることが、徴収官に求められる説得力、すなわち交渉力である。

（今年栃木の実家に戻らなかったということは、ずっと家にいたということ。トッカンの愛する栃木のメジャー餃子店、栃木人にとってのソウルフード餃子。その正嗣の餃子が食べたくなっているころのはず!!）

『…………』

鏡は三十秒ほどたっぷり黙ったあと、『十五分につき一人前だからな』という悪徳弁護士だかホステスだかわからないような要求で、最終的にわたしから五人前の餃子をせしめることに成功したのだった。

＊＊＊

その日は冬の日らしくどんよりとした曇りで、埼玉県和光市の上空にも、いまにも雪が降りそうな分厚い雲がかかっていた。わたしが朝いつものように家から持ってきた水筒のコーヒーを飲んでいると、コロンビアのリュックを背負った福本さんが教室に入ってきた。

「おはよう」

「今日はがんばろうね」

メールによると元木さんは三日三晩続いた猛吹雪のせいで、昨日の真夜中のフライトで北海道を離れたらしい。着いたのが履歴から見ると朝の四時、それから始発を待って都心に戻ってきたそうで、いまこちらに向かっているという。

田嶋さんは医者に書いてもらった診断書から、明日登校ということになりそう。広島の西田さんは病院に行ってから来ると発言があったあと連絡はない。あの様子では今日は休みかもしれない。佐藤さんは、今日もダメですごめんなさいという連絡がさっき来ていた。タミフルを呑んだタイミングが悪かったのか、まだ熱が全然下がらないのだという。

『今年はA型がはやってきいてたのに、B型にかかったみたい』

『俺は混合の注射受けたのに』

とにかく、みんな試験までに回復しないと、すぐにペーパーテストが待っている。座学だけは日頃の点数の積み重ねでは突破できない。

（まあ、さすがに受験じゃないから病欠の場合再テストくらいあると思うけど）

席に着き、用意してきたプリント類を広げると急に緊張が襲ってきた。

「今日、終わったらどこいこうか」

わたしの緊張をほぐしてくれようとしているのか、福本さんが楽し気にそんなことを言った。

「何食べたい？」

「なんでも。寒いからあったかい鍋とか。てっちりとか」

「いーねてっちり。この辺にあるといいけど。池袋まで出たらあるかなぁ」

やがて、クラスメイトたちがどやどやと集まってきて、あっという間に八時半になった。

ここから三十分自習ののち、午前いっぱいがゼミの討議だ。

元木さんは結局午前には間に合わなかった。途中から中に入ることはできないので、午後からの参加になるのだろう。交通機関の事情は仕方がない。もちろん病も。次のゼミ討議試験のときは、今日休んでいるメンバーが矢面に立ってくれるだろう。

課題を与えられ、十分に班で合議した上で進められるいままでの授業と違い、今日は青木教授が課題をオープンにするのは授業に入ってからだ。

「ではI班」

わたしは青木教授に呼ばれて向き直る。いったいどんな課題が出るのだろう。

（やったことがあるのだといいけれど）

「まず課題1の捜索について。信書の扱い方への討議が不十分でしたので、もう少し議論を深めてください。捜索の途中に信書を発見した場合、どのような対応が考えられますか」

教室の中がざわめいた。捜索についての課題1はわたしたちのI班が一番最初に議論をした課題だった。明らかに青木教授は、いままで五ヶ月やってきた課題の中から、わたしたちが教授の求めるレベルまでたどり着けなかった課題をもう一度投げつけたのである。

福本さんが答えた。

「封がしてある信書は、基本的にはこちらから勝手に開封できません」

「では開封してもらうよう、どのように説得を進めるのが適切ですか」

「……それは、貴方宛に届いた書類はすべて捜索の対象となりますので、我々は開示を要求する権利があります、とか」

「それでも滞納者が拒んだ場合は？」

「えっと……」

いつもは黙ってわたしたちの討議を聞いているだけだった青木教授が、今日ばかりは人がかわったかのように切り込んでくる。福本さんはそれを受け流せず言葉を詰まらせた。

「拒まれた場合は、徴収官は信書を開けることはできません」

「ではどうやって、開けるように交渉をしますか」

またクラス内がざわめいた。同じ質問に戻っている。青木教授は、絶対に信書を開けさせたいのだ。ここであきらめるような捜索をするな、ということなのだろう。しかし、実際問題我々が勝手に信書をあけることはできない、とされている。国税徴収法の手引き本の多くには。

しかし、

「普通に、こちら開けますねといって開けます」

わたしは福本さんの隣で立ち上がり、答えた。彼が横でえっという顔をしているのがわかる。

「では鈴宮さん、どのように説明しますか」

「その信書が事務所宛に来ているかどうかを確認し、宛名が事務所であれば問題ないと考えます」

「なぜ問題ないのですか」

「個人間のプライベートな信書であるならば、事務所に送ってくるはずがないと説明、交渉します」

「もし、個人宛であった場合はどうなりますか？」

「個人宛の信書が事務所に届いている時点で、それは個人宛ではないと考えます」

「捜索対象である個人宅に個人宛で届いた場合はどうしますか？」

「差出人が取引先、および企業名であればすぐに検索し、滞納者に確認します。銀行・金先物取引・証券会社などであればまったく問題ないと考えます」

「では、個人宛で差出人が個人名である場合は」

青木教授は一歩も引かない。おそらく、はじめからここまで議論させるつもりだったのだろう。

「どうしますか、鈴宮さん」

「開けます」

クラスメイト達が一斉に息を吸ってとめた。まるで、そうすることで時間を止める効果があるかのように。

けれど、残念ながら質疑の時間は止まらない。青木教授は質問の手を止める様子はない。

「どのように開けますか」

『いまどきのんきに手紙で文通なんかしてるはずがない。メールで済ます。年寄りだろうと季節の挨拶ははがきで済ます。わざわざ封書を送ってくるということは、請求書の可能性が高い』

鏡と行った数々の捜索現場では、たしかに最終的に疑わしい信書は開けられていた。

「開けてもらいます」

わたしは言い切った。

「それが領収書や請求書などでないのなら、最初の二行だけでも開示できるはず。それができないのならば、それは財産隠しの証拠である可能性が高い」

最初の二行だけでいいから見せろ、というのが鏡の交渉の仕方だった。ほんとうに時節の挨拶等の〝お手紙〟ならば、開ければわかる。

まず、便せんが違う。コピー用紙であったとしても、書き出しさえ読めば明白だ。それができないのは、できない理由があるのだ。

「必ず、開けてもらいます」

「いいでしょう。信書の討議はここまで」

ほっとして、わたしたちは席に座った。この調子で、あと三時間午前いっぱい、いままでの不十分な部分をつっこまれるのかと思うと冷や汗が出た。

「では、次は同じく課題1から、出入り禁止について」

（まだあるの!?）

「第三者がその場からどうやっても退去しない場合は」

「け、警察を呼びます」

再びわたしは立ち上がった。

『鈴宮！　K《ケイ》だ！』

鏡がこう叫ぶのを何度現場で聞いただろう。そうKとは警察を呼ぶこと。問答無用で電話するのである。

「公務執行妨害で逮捕されることを説明し、それでもなお退去なき場合は警察に連絡します」

青木教授は一瞬満足げにうなずいた。わたしが座ると、福本さんがぼそぼそと話しかけてくる。

「……鈴宮さん、警察呼んだことあるんだ」

「ありますよ、何度も」

警察を呼ぶぞと宣告する程度なら、鏡の案件ではまったくめずらしくない。

そこからは、ほぼ青木教授とわたしの一対一の討論会のようになった。

「ダイヤを入れた小袋を首から下げてブラジャーの中に差しこんでいる女性の身体検査について」

「まず、首を確認し、なにを首から下げているのか本人に説明を求め、徹底的に理由を聞きます。鍵であればなぜ見せられないのか。お守りであればなぜ見せられないのか」

実際にかつて、財産をすべてダイヤに替えて肌身離さず持っていた老婦人がいた。彼女は周囲は自分の財産を奪いにくる敵ばかりだと思い込んでいて、まったく交渉がすすまなかったことを思い出す。

わたしたちの間では、ダイヤばあさん事件として名高い滞納者である。しかし鏡はこの婦人から最終的にダイヤを差し押さえた。

『徴収職員には質問検査権がある。嘘を言った場合は十万円以下の罰金になりますよ』

『ダイヤはひとつひとつに番号がふられていて、同じものは一つもない。ダイヤを扱っている会社をあたれば、あなたに売ったことなどすぐわかるんですよ』

「――このように、交渉をつづけます。粘り強く。必ず、身体検査はさせてもらいます」

「………………」

ダイヤばあさん事件の顚末《てんまつ》を話し終えると、クラス中がわたしを異星人がやってきたような顔つきで見つめていた。わかる。同じ顔でわたしはずっと鏡を見てきたからだ。だがいつも、鏡は引かなかった。ほかの徴収官なら躊躇《ちゅうちょ》してしまいがちな案件に対してさえ、積極的にとりくんでいた。

「課題14　差し押さえ対象財産について。滞納者甲は住居内に純金製の仏像を所持しており……、以上についてはどのように」

「仏像の種類を調べ、滞納者甲の信仰する宗派から虚偽であることを指摘します」

これも、鏡による伝説の純金仏像差し押さえ事件である。なぜそんな知識があるのか知らないが、鏡は滞納者の家が代々禅宗であることを調べ上げ、阿弥陀如来《あみだにょらい》像を祀《まつ》っていることがそもそもおかしいと問い詰めた。彼によると、阿弥陀仏を祀るのは浄土宗および浄土真宗だそうで、なぜ阿弥陀仏をわざわざ純金で作らせたのか、なぜ複数体必要なのかを粘り強く追及することが肝心らしい。

「仏像の種類まで調べるの……」

「えー、本当に？　そこまでするの？」

国税徴収法では、信仰の対象を差し押さえることはいちおうタブーとされている。それをいいことに、法を悪用して、よくわからないデザインの十字架や像を金や銀で作らせる滞納者も存在するのだ。そんな加工賃や手間をかけてまでなぜ滞納するのか不思議だが、人の心情というものは他人にはいかんともしがたい。

「では、百万以上の価値があるとされる観音の描かれた掛け軸を差し押さえることは可能か」

「可能だと思われます」

「その根拠を述べてください」

「実際、差し押さえたことがあるからです。――経緯を今からお話しします！」

そうして、わたしはダイヤや仏像、掛け軸だけではなく、鏡とともにかけずりまわったこの二年間の事件を、すべからく全国の徴収官の前でダイジェスト披露することになったのだった。

終わった時は、さすがに口の中がからからでせき込むほどだった。

「さて、そろそろいい時間ですね。鈴宮さん、ほぼ一人でお疲れ様でした。みんなインフルエンザには気を付けてね」

鬼畜青木教授がすがすがしい顔で分厚いファイルとともに教室から引き上げたあと、みんなは無言でランチに向かい、教室にはほぼ体力を使い果たして屍《しかばね》寸前のわたしのみが残された。

（さ、三時間、ずっとしゃべりっぱなしだった……）

ゼミの時間が終わった後、なぜか福本さんがぎこちない笑顔でわたしから離れていったのが悲しかった。

＊＊＊

「えーっ、それで結局二人でラブラブ打ち上げもなかったの？」

ダウンコートの必要な日とそうでもない日が週替わりでくるようになった三月、わたしは京橋中央署近くのいつもの公園で、手のひらを火傷させる武器のようなコンビニの百円コーヒーとフライドチキンでお昼をとっていた。ランチのお供はたまたま休憩時間の重なった木綿子さんである。

半年に及ぶ専科研修を二月いっぱいで終え、わたしは今日から所轄で通常業務に戻っている。午前はほぼ引継ぎ業務に追われ、ほうぼうにあいさつをしたり、管理から来た書類を読んでいるうちにあっという間に数時間が経ってしまった。

「まあ、そういうことなんですよ」

あまり文字に残したい話でもなかったので、木綿子さんに、和光婚活研修が大失敗におわったことの詳細は伝えていなかった。きっと、カイシャに戻ればすぐにこういう機会があると思っていたからだ。すなわち公園属コンビニランチ科独身女子。

「でも、発表が終わったら二人でてっちりって話だったんでしょ？」

「そうなんですけど……、いや、そうだったんですけど……」

あの怒濤の発表が終わったあと、わたしは午後の授業中謎の頭痛に襲われ、ほとんどを上の空で過ごした。あの日は、まるで四方八方から打ち込まれるサーブを片っ端から打ち返すがごとき授業であったので、終了後ほとんど脱け殻のようになっていたのだ。

「それで、ごはんの予定を流したの？」

「流したっていうか、結果的に言うと、ほかのメンバーが戻ってきたので、なし崩し的に新年会になったたっていうか」

木綿子さんがあーという顔をした。

「でも、もともとはぐーちゃんと二人でっていう約束だったのに」

「だから、ですよ！」

勢いよく肉を食いちぎる。同じようにお昼をとるためにやってきたらしいサラリーマンが露骨にわたしを見て顔を凍らせた。こんな場面、前にもあった気がする。

「わたしとごはんって約束だったのに、元木さんとか田嶋さんが戻ってきたら急にみんなを誘い出して！　でも、授業が始まる前までは、たしかに雰囲気としてはわたし個人とごはん行こうって感じだったんですよ。あんなふうに電車で言うし、神戸に行こうかなとか高知においでよとか、そんなこと、意味深な感じでいうし……！」

怒りに任せてあつあつのコーヒーカップを握りつぶしそうになるのをすんでのところでこらえる。あぶない、右手が死ぬところだった。

「くっそ、紛らわしいんだよ！」

「そいつ、怖じ気づいたわね」

おでんの湯気を顔いっぱいに浴びながら汁を飲み干していた木綿子さんが、ぼそりと言った。

「ぐーちゃんのほうが場数踏んでて仕事に積極的なところを見てビビったのよ、そいつは」

「いまさらじゃないですか、そんなの。半年もいっしょのゼミだったんですよ！」

「だけど、その発表の日は二人っきりだったんでしょう」

二人っきりといっても、特にロマンチックな意味はなく、どちらかというとダンジョン深くで唯一生き残ったパーティ二人、というのが正しい。

「そいつはきっと、ぐーちゃんにそこでいいとこ見せるつもりだったのよ」

「そういう感じの人じゃなかったですよ。いっつもひょうひょうとしてて、ザ・バックパッカー国税局員みたいな」

「だとしても、そこでぐーちゃんをかっこよく一人で守り切って、自分の陣地に連れ込んで有利な戦争をするつもりだったんでしょうね」

「そこまで⁇　だってあのクリスマスの飲み会まで、そういうアプローチされたことなかったし……」

「よく考えて。アプローチして万が一うまくいかなかったら、ゼミのたびに気まずい数ヶ月を過ごすことになる。私たち徴収官はそういう相手の先の先まで読んでから行動するくせがついてるでしょ」

今度はわたしがあーという番だった。心当たりがありすぎて納得しかない。

「でも、かっこいいとこみせるとか、全然ですよ。そんなに積極的に発言してなかったですよ」

「それはあくまで本人比の問題だから」

「……なるほど」

「バックパッカーなんてやる人は多かれ少なかれロマンチストだし、それが過ぎて社会から浮くから旅に出るのよ。いいか悪いかの問題はさておいてね」

バックパッカーの人と深く付き合ったことがあるような口ぶりだった。木綿子さんは言うことだけでなく人生も底知れない。

「おおかたぐーちゃんの経歴っていうか、戦歴におののいたんじゃないの？」

「わたしの戦歴じゃないですよ！　ぜんぶ鏡特官の戦歴です。わたしは引っ付いていっただけです」

「だけど、彼にはそう聞こえなかったのよね。自分より出世しそうな女は面倒だって思ったんじゃないかしら」

「えええー」

「やっぱりそこが、社内恋愛最大のハードルなのよねえ」

「めんどくさい」

「めんどくさいわよねえ。でもきっと向こうからすると私たちのように妙に自立心旺盛な女のほうがめんどくさいんじゃないかしら。最近しみじみ思うのよ。世界中の半分が男っていっても、めんどくさくない相手はその何億分の一しかいないって。つまりせいぜい出会うのは十人よ。現実的にね」

二人そろってふうとため息した。実際問題、I班のメンバーとは研修が終わったあとも仲良くグループLINEで連絡を取り合う仲だが、福本さんとの個別のやりとりはあれ以降一度もない。

つまり、わたしは彼から〝ない〟と判断されたのだ。

(そんなの、こっちだってべつに〝あり〟だったわけじゃないからいーんですけど!!)

こんなことなら、父のおすすめどおり見合い相手の釣書くらい見ておけばよかったと後悔した。しかしあんなふうに振り切って逃げ帰った手前、いまさらだれかいい人を紹介してくれなんて言えない。

(あー、もう。お茶の先生の紹介ならセレブ男子だったかもしれないのに!)

考えるだに辛い。

「この悲しみを癒すには、コンビニのチキンでは足らない!!」

「焼き肉行く?」

「行きます!!」

雑誌やネットの記事がごはんものであふれかえるはずだ。もっとも身近で、もっとも手軽でもっとも安価に人を幸福にできるのはおいしいごはんなのである。

（そうだ。肉だ。コンビニ飯食ってる場合じゃない！）

ゴミしか入っていないポリ袋をつかんで立ち上がると、ちょうど署と反対側の公園の入り口から見覚えのあるシルエットが近づいてくるのが見えた。

（げっ、鏡特官だ）

午前中は営業（外回り）に出ていたらしい鏡は、やはりコンビニの袋をぶら下げていつものハスキー犬そっくりの表情で公園をつっきってくる。あの人、いつもあんな顔で公園にいるんだろうか。子供が泣かないかな、と余計な心配をしてしまう。

わたしたちのすぐそばまでくると、視線を感じたのか鏡がこちらを見た。

「なんだ、戻ったのか」

「戻りました」

「少しは使えるようになってきたのか」

「どちらかというと、トッカンの手口を全国の皆様に伝授したって感じですかね」

「手口だと？」

「手口っていうか、やり口っていうか」

「やり口？」

「えっと、つまり鏡式マウント徴収って感じですかね」

手口、やり口、ほかにどのようにも言いようがない。

「手練手管、っていうにはトッカンの場合プレッシャー強めですから」

「……鈴宮」

鏡はコンビニの皮膚より薄い（そして年々薄くなる）ポリ袋から見えているキャラクター肉まんをぶらぶらさせながら、

「お前の仕事、溜まってるからな」

「なんだか懐かしいです。トッカンのそのパワハラ」

言うと、鏡は黙って来たときより大股で公園を横切っていった。ベビーカーを押しながらやってきたママさんたちがあからさまに彼を避けていた。気持ちは痛いほどわかる。

「ほんと、言うようになったわねえ。ぐーちゃん。もう徴収に敵いないないんじゃない？」

「婚活相手もいなくなりましたけどね……」

「それねぇ」

ポリ袋をカサカサ言わせながら妙齢の女二人、午後一時十分前にカイシャに戻る。

お昼のカイシャ内は確定申告や、納税の相談に来るお客さんでごったがえしていた。そう、三月は課税の大戦争期間だ。五月の法人が終わるまで、税務署はほぼほぼ人手が足りない状態になるので、専科研修は夏からこの確定申告前の半年なのである。

先月まで和光に集っていた鮭たちも、この超繁忙期を乗り切るためにそれぞれ生まれた川に帰った。いまは研修が終わった安堵などどこへやら、次から次へとやってくるお客さん相手に猛烈に働いているだろう。

しかし、徴収課にとってはいつもどおりの三月である。むしろお客さんがすべて二階へ行くため、こちらの納税相談に限ってはややヒマなくらいだ。

（福本さんが言ってた、たまに海にも帰らない、変わり者の鮭がいるって。わたしはそれだな）

木綿子さんと二人、お互いに力なく階段に向かうと、人でごったがえした署内で完全に掃除のおじさんに擬態しているルンバ署長が声をかけてきた。

「おやっ、ぐーちゃん。戻ってたの。和光でうまいこと一本釣りできた？　生きのいい鮭！」

わたしは階段を上がると、恐れ多くも組織のボスを階上から見下ろし、言った。

「署長、埼玉に海はないです」

今夜は絶対肉にしよう。肉はすべての女子を救うのだ。

鮭ではなく。

対馬ロワイヤル

たとえ地の果てでも、地獄の底であっても滞納ある限り滞納者を追いかけるのが、われら徴収官の仕事である。

「だからって、なにも対馬まで追っかけて行かなくてもいいんじゃないですかね⁉」

遊園地のコースターよろしくぐおんぐおん揺れる機内で、わたし、鈴宮深樹はせいいっぱいの苦情を上司に申し立てた。

ほかの乗客も十分前に配られた飲み物をテーブルの上に縫いつけようと必死である。全部飲んでしまおうにも、もはやそれもかなわないほど前後左右に暴れる機体。なぜ、飲み物を配った。いや、なんでもらってしまったわたし。後悔してもだいぶ遅い。

不機嫌なハスキー犬そっくりと言われているわたしの上司、鏡が言った。

「そのウーロン茶。こっちに零《こぼ》したら空港から宿まで歩かせるからな」

「だったらどうしろっていうんです⁉」

「吸え、掃除機のごとく」

上司にいわれるがままにコップにかじりつき、ものすごい勢いで中身を吸い上げた。二十七歳のうら若き乙女の唇にあるまじきズォオという音がしたが、だれも聞いていない。それよりみんな飛行機が落ちたらどうしようという不安で青ざめ、座席で硬直するのがせいいっぱいである。

（よし、飲んだ！）

すばやく紙コップをつぶして前の座席のポケットに突っ込む。しかしよく揺れる。台風の中に突っ込んでもここまでではないと思うほどだ。わたしたちが福岡から対馬へ向かうために乗り込んだのが小型のプロペラ機だったからかもしれない。

（うっ）

また急降下した。ふっと足元が消えてなくなるような感覚は、何度味わっても楽しいものではない。

（ひー、こんなところで死にたくない！）

なぜ、こんなことになったのだろう。

東京管区京橋中央税務署勤務三年目のいちヒラ徴収官である自分が、いかな理由で福岡空港から長崎県対馬市こと対馬へ向かう機上の人となったのか。脳裏をここまでのダイジェストが走馬灯のように流れていく。待って、縁起でもない。

事の次第はこうだ。

京橋中央署の管轄内に、築地の端っこで細々と続いていた小さな質屋があった。喜四井《きしい》という屋号のその店は、近くに住む人がどうしても手元不如意のときに現金を手に入れるための街の便利屋だった。決して闇金のように暴利をむさぼっていたわけではない。築地は昔から商売人が多く、芸事関係者も多数住んでいたから、いろんな事情で急に現金が入用になったりすることもある。そういうとき、置屋のおかみさんが紋付を持ってやって来たり、どうしてもあと少しの現金がいる小売店が、代々店に伝わる珍しいアンティークなどを質に入れては請《う》け出したりすることはごく普通の日常だった。いまでもこのような歴史ある街に住む人々は、街金などには行かずに街の質屋を利用したりするものだ。

それでも、いくら需要があるとはいえ時代遅れであることは確か。喜四井も年々利用者が減り、今は店をやっているんだか休日なんだかわからないような開店休業が続いていた。

そんな店は珍しくはないし、たいていそういう店は赤字申告なので滞納になることも多くない。

ところが、喜四井が実はインターネットでのブランド品売買で大儲けしているというタレコミが入ったのである。何時《いつ》の世も、他人が儲けているのをよく思わない人間がいるものだ。

いったいどこからアシがつくのかというと、たいていは近所の目から。いくらインターネット上での取引で身元をわからなくしていても、ブツを買えばいったんそれは宅配業者を通じて店に届くことになる。なんらかの買い物を頻繁にしていることは、配達中のラベルを見れば容易に想像がつく。

人の妬みは恐ろしい。今まで潰れかけだった質屋がインターネットでブランド品を売買して儲けているらしい。税務署が入ってもびた一文払わず、好き放題遊興費につぎ込んでいる。そんな噂がたったのだろう、噂を聞きつけただれかがご丁寧に税務署にタレこんだ。調べてみると、実はこの喜四井には過去の古い滞納が残されていた。以前調査が入って明らかになった申告漏れ数百万だった。

わたしたちの徴収課には、追徴の決定がされて追徴金が来て、それでも払わずに滞納になったものが回ってくる。裏帳簿を作って税金をごまかしていたような手合いにも、本当に払えない人にも等しく我々は同様の通達を行い、お手紙（督促）を送りさらにしつこくお手紙（差押予告）を送り、その間にどういう反応があったかを重要視しながら最終的な対応を決定するのだ。

この喜四井の場合は、まったくもって完全に無視を決められた。一度たりと納税の相談もなければ、分納の申し出もないので、滞納者（岸井両次《きしいりょうじ》）が税金を支払う意思は全くないことは明らかだった。

ゆえに、すぐさま徴収二課のチームが店に財産調査に入った。銀行にたいした金額が残っていなかったため、ブツが店にあるか、もしくは現金があるかどちらかだと踏んだのだ。

どちらかというと簡単な、よくある案件だと思われたそれに、木綿子さんたち手練《てだ》れの二課チームが手こずったのは予想外だった。どんなにチーム全員で必死に店や個人宅を捜索しても、ゲンナマもブツも見つからない。見事なまでに影も形もなかったのである。

「たしかに宅配便の配達記録にあるのに、おかしいですね」

「現品も見当たらない」

当の本人はそれが商売ではないの一点張り。記録によると、たしかにインターネットでブランド品のやりとりはしたが、それらはみんな人に頼まれてやっただけで売上げになってはいないという。現品もネットオークションで購入した金額のみ請求しているのでもうけはない。そんなばかなはなしを税務署が信じるはずがないのだが。

決死の捜索が行われた。課をあげて人員を割き、親族関係への反面調査も行ったが数字が揃わない。どこにも売上げがない。商品もない。結局店と自宅への財産調査は空振りに終わった。これだけ手間暇かけて一円も差し押さえできていないことに面目ないと落ち込んだ担当官が、鬱で休職するという事態に発展したのだ。

もうこのままいつまでもこの件を引っ張るわけにはいかない。滞納案件はこれだけではないし、毎日どんどんと増えていく。納税の意思をもっている滞納者の相談にのるのも大事な仕事なのだ。

そこで、京橋中央署が最後の切り札として出してきたのが、わが直属の上司、どんな消費者金融よりも容赦なく差し押さえること悪魔のごとしといわれた、鏡雅愛特別国税徴収官である。

もちろん、鏡の動くところトッカン付きのアシスタントであるわたしの影もある。

(うう、めんどくさい案件をよりにもよってめんどくさい人に振ってくれちゃって、課長、恨むよ)

京橋中央署の期待を一身に受けて、鏡はさっそく岸井の財産隠しの手口を解明にかかった。

「まずブツの捌《さば》き方だ。どうやって表面化させずに売っているのか」

鏡が言うと、なにかすごく危険なブツのように聞こえるから不思議だが、この場合のブツとはシャネルのバッグとかブルガリの時計とかそういう、質屋で扱いがちな商品のことである。

「ネットフリマを使って素人から買い集めたブツが店に集まっていることだけは確かだ。そこからどうやって売るのか。客に来てもらい現金で売買しているとしても、連絡の方法がわからない。注文をとるのにもメールくらいするはずだ。だが少なくともメールの痕跡はない」

たとえばシャネルのマトラッセやエルメスのバーキンが欲しい客がいて、それらが入荷したときに店に来てもらい、直接現金でやりとりするならば、どこにも証拠は残らない。しかし客に入荷を知らせるには電話、もしくはメールでのやりとりが必要になる。そのメール履歴がないのだ。

「そんなわけで、岸井の倉庫および金庫を洗い出すために、行動タイムテーブルを作ってみました」

これが最近のわたしの日課である。金庫が家にありそうな匂いも、金《きん》や美術品など換価しやすそうなものもない案件の場合、人物の行動範囲を洗い出し、隠し金庫のありかを推測する。それには一週間の行動を、調査から回ってきた資料やこちらの調査によって明らかにする。どこにどれだけ通っているのか。一時的なものか、それとも一定のパターンがあるのか。

「岸井両次、五十七歳。東京都中央区出身。現在住んでいるのは港区です。大崎の駅前にある大規模マンションを中古で購入し、妻一人、娘一人。この娘ももう成人して結婚し別居しているため、妻と二人暮らし。もっとも妻は生まれたばかりの孫の面倒をみるために長期で仙台に住んでおり、ほぼ一人暮らし。週末は妻が戻ってくることもあるようですが、夫婦で行動することはあまりないようですね。妻は海外や国内の旅行の履歴もありません。孫の顔を見に仙台に行くぐらいです」

「仙台に出入りしている妻が、ブツを捌いているんじゃないのか」

「あー、そのセンも前に担当した西野《にしの》係長がだいぶ詳しく調べたようですが、娘婿は仙台に転勤になったごく普通のサラリーマンで、向こうで娘と妻が店舗を構えて二号店を出しているような形跡はなさそうです」

むしろ年子で孫が生まれて娘も妻もそれどころではないようだ。仙台に向かう妻もいつもリュック姿で、必ず仙台駅の薬局でおむつを買い、お惣菜を買って新生児と一歳児の世話のため睡眠不足で発狂寸前の娘の住む賃貸マンションへ向かう。とてもバーキンを大量に運んでいるような形跡はない。むしろ、報告書を読むだけで泣けてくる。

「仙台二号店のセンはないのか」

「なさそうですね」

だとしたら、やはり岸井本人がどこかで捌いている可能性である。

「国内旅行の形跡はいくつもあるんです」

「大阪で外国人相手の店に直接卸してるんじゃないか」

「残念ながら大阪に行ったような履歴は見当たらないですね。飛行機は当然ないし、クレカにもそれらしい引き落とし額がないです。現金で毎回買ってるなら別ですが」

逆にこのカード社会において、交通費もホテル代もなにもかもを現金できっちり払っているのだとしたら、それは悪意ある足跡隠しを疑ってもいいレベルだ、とわたしは思う。

「逆にカードの履歴では、きっちり残っているのは飛行機が多いですが、フェリーもあります。どれも経費としては計上されていません」

「どこに行ってる。頻度は」

「週一ですね。場所はいろいろですが、鹿児島、奄美、伊豆、岩手、福岡。千葉も多いですがこれは宿だけ。交通費は計上されてないので車移動ですかね。あと北陸、近畿は日本海側とか、淡路島の宿です。ぜんぶ田舎ですね。車で移動してるとしたらガソリン代すごそうです。あ、べつのカードに給油の記録がありますけど、こっちも特に経費に計上されてないです」

「一人旅にしちゃ、同じ宿に泊まってることが多いな。新宮の宿は二ヶ月連続で行ってる。去年も同じ宿だ」

「温泉ってわけでもなさそう」

「釣りだな」

鏡がカードの明細記録を見て言いきった。

「釣りに関するカードの利用記録がやたらと多い」

「じゃあ、この行動記録ってほとんど釣り目的ってことですか。単なる趣味だから経費に計上してないと」

「新宮や陸前高田にシャネルを持っていってなん十個も手売りで捌けると思うか。漁村で」

「ナイですね」

どれだけ明細記録を追っても、出てくるのは田舎で飲み食いをした記録ばかり。ただのおじさんの趣味以上の意味はなさそうである。

「まあ、この旅行先がそれぞれどれくらい田舎かは行ってみないとわからないですけど、漁村だとカード使えないから現金でとか普通にありそうですね」

「だとしたら、こいつはどこからその交通費と釣りにかかる遊興費を出してるんだ？」

言われて、電卓をたたく手を止めた。

「そんなにかかりますか？」

「かかるに決まってる。離島に行くのにどれだけかかると思ってるんだ。台湾やソウルのほうが安いくらいだぞ。それが月に往復で四回、宿に最低でも二泊。毎回十万は使うだろう」

「月に五十万弱の遊興費はけっこうしますね」

「だとしたら、やっぱりブランド品の売買で得た金を全部使い切ってるはずだ。この国内の移動のどれかが行商なんだ。そこで手に入れた現金は、そのまま使い切ってる。だから残らない」

なるほど、人間はどうしても利益を得ればそれを貯蓄しておきたくなるものだ。だが、このケースのように得たものをそのままさらに現金で利用すれば、まったく足がつかない。

岸井は親の代から質屋を営んでおり、現金商売のメリットデメリットも熟知しているはずだ。だとしたら、貯めようとはせずに遊興費として使い切ることで、国税の追及を免れようとした可能性は十分にありえる。

（岸井からしたら、密告からバレたのが相当予想外だったに違いない。裏取引で得た現金はすべて使い切ってしまっているから、手元には分納する余裕もない。どうせ差し押さえ

にやってきてもなにもないからとしらばっくれるほうを選んだのだろう）

　ほかの個人事業主や店舗主は、取引先に反面調査に入れば一発で信用を無くす。しかし岸井の場合、もともと開店休業状態だった店がどうなろうと大して痛手ではない。やってくるのも、あまり堂々と来るような客ではないため、国税が入ろうと差し押さえが来ようと評判には響かない。

（それに、インターネットでの取引、とくに買うほうだと相手が滞納者であることにまったくハンデはないんだよね。クレジットカードが止められるとかそういうペナルティもないから、親族以外のだれかの名義でカードを持たれてたら追いかけようがない）

　岸井の裏商売はおそらくこんなスキームのもとに成り立っている。

　インターネット上のフリマサイトで、素人から相場より安く高級ブランド品を買い叩く。これは、近年急成長している中古ブランドショップのインターネット専門要員が日がな張り付いているため、同じことをしているのは岸井だけではないだろう。ただ、ほかの店の場合それを店舗や自社サイトで売って、利益を申告しているのだが、岸井はネット上では一方的に購入するだけだ。だから、個人的に頼まれてやったといわれても追及できない。

　おそらく、岸井はネット上で購入したブランド品をどこかでだれかに売っている。現金はそこで得ているはずだ。

問題は、相手がまっとうな業者ではないだろうということだった。

「業者なら、岸井との取引を仕入れとして申告するはずだ。だが、その形跡も見当たらない」

「ヤクザが経営してるフロント企業とか相手にしてるんですかね」

「いまどきヤクザのフロントだって申告ぐらいする。ここまで徹底して相手が出てこないのなら、相手もまた真っ黒ってことだろう」

「相手も真っ黒かあ……」

つまり、取引先も申告をしていないか脱税をしているので、お互いに申し合わせて足跡を消しているということだ。

「でも、売るほうはそのまま現金を使ってしまえば証拠は残らないけれど、買うほうはそうもいきませんよね。だってそれをまた捌かないと商売にならないし」

インターネットで売買しているのだろうか。しかし、ネットは今時足がつきやすいし、カード決済すればお金は口座に入る。一度でも金額が表に出てしまっては隠したことにならない。手間暇かけて直接取引しているのに、せっかくの苦労が無駄になってしまうだろう。

「思ったより大規模な組織かもしれませんね、これ」

もし、岸井のようなしがない質屋を何人か集めて「買い子」をさせ、彼らが集めたブランド品を買い取って足がつかないように売り捌く集団がいるのなら、それはもう所轄が扱うレベルの脱税事件ではなくなる。

「トッカン、これ、局に回します?」

「ふざけるな。なんで上に泣きつく必要がある!」

高速で打ち返された。所轄で横から回されてきためんどくさい、いや、複雑で込み入った案件、および金額が五百万円以上になる滞納は、本店(国税局)の特別整理部門に回されることがある。しかし、鏡が特整に投げるのを〝負け〟だと思っていることは前々から感じていた。

「いったいなんのために所轄にトッカン部門があると思ってるんだ。あいつらに花を持たせてやることはない」

「花、持てるんですかこれ。花ですかこれ」

「少なくとも相手が中国人やフィリピン人の組織だったらちょっとしたニュースになる」

(ニュースになりたいんだ、トッカン……)

日頃、小さな滞納を解消するためにこつこつ実績を積み上げていくのも大事な仕事だが、にんげんだもの、こういう一目で巨悪だとわかる相手をぶちのめしてやりたくなる気持ちもわからないではない。

（まあ、この七月でトッカンもこの京橋にまる三年。まさか四年いることはないだろうから、きっと局に戻るのだろう。あの性格でいまさら総務関係に回されることもなさそうだし、特別整理部門に配属されるに決まってる。少しでもいいポジションで戻るには、このへんで手柄をたてておきたいってことかあ）

鏡のように、二十代のころから本店（局）と支店（所轄）をいったりきたりしているのは全体のほんのひとにぎりで、鏡の歳になれば出世街道にのったかそうでないかはだれの目からも明らかになる。

その点、わたしはというと、

（まあ、問題起こしすぎた自覚はあるし、下手すると田舎に飛ばされるかも）

問題を起こしたのは自分だけが原因ではない気はするが、この三年間、わたしが原因になった事件もまったくなかったわけではない。なので、たとえ飛ばされても仕方がないと覚悟している。

（でも、田舎の税務署ってちっちゃいからプライベートもくそもなくて人間関係狭すぎてめんどくさいって聞くんだよねえ。この対馬みたいに）

そういうわけで、わたしと鏡は岸井の足跡を追ってはるばる対馬にやってきた。岸井の数多くの旅行先から対馬を選んだのは、ひとえに対馬だけカードを使う回数が極端に少ないこと、そして福岡には月に二回第一、第三木曜日とやけに決まった間隔で足を運んでいるのに、そこからまる三日足取りがつかめなくなることから、ここがあやしいのではないかと目星をつけたのだった。

ちなみに、福岡ではなく目的は対馬ではないかとアドバイスをくれたのは署長、副署長、総務課長の京橋中央署ビッグ3である。

「福岡近郊で漁場っていったら対馬でしょ」

「対馬だよねえ。あそこはエサなくても釣れるっていうし」

「対馬だね。イカもイサキもうまいんだよあそこは」

言われて対馬を調べると、たしかに、三年ほど前には福岡から対馬までの飛行機を利用した履歴があったのだが、それ以降ぱたりとなくなっている。

対馬への交通手段は飛行機ばかりではない。福岡から真夜中に出航するフェリーがあり、朝対馬に着くらしい。なるほど、岸井が羽田福岡便を毎回やたら遅い時間ばかり利用していることもうなずける。

決定的だったのは、調査資料に添付されていたインスタグラムの写真だった。写真には位置情報が紐づけされているままだったのだ。行き先を隠したいのなら、ありがちなミスである。

「対馬に乗り込むしかないな」

「対馬に乗り込むしかないですね」

たとえ行く先がほぼ国境線にある離島でも、滞納あるところ地の果てまでも追う。それが徴収官の仕事である。だが、こんなに揺れるとは聞いていなかった。

「うう──、気持ち悪い、しんどい、寝たい」

「ならそこにいろ。無断欠勤扱いにしてやる」

「パワハラ上司！」

「つまらん、聞き飽きた」

「パワハラって聞き飽きるとかそういうことじゃないのでは!?」

こんなひどい揺れの中でも平然と目をつぶっている上司が同じ人間でないように思える。いや、鏡はどんな場所にいても同じ人間とは思えないような相手だが。

あっという間の約三十分、しかし地獄の三十分。無事タラップを降りきったときには二度と乗りたくないと思った。いや、だがしかし帰りもこのルートだ。

引っ張られる二輪カートのごとく斜めになりながら空港の出口を目指す。対馬の空はびっくりするほど晴れ渡っていて、さっき突っ込んできた雨雲はどこにいったのかという風情である。

「はやくしろ、ぐー子、吐くなよ」

小さな小さな島の空港を出ると、すぐ目の前がタクシーがずらっと並んでいるロータリーだった。そこに軽乗用車が止まっている。鏡と並んで知らない男性が立っているのが見えた。

「だいぶ揺れましたか。災難でしたね」

わたしたちを待っていたのは四十代前半の男性だった。黒縁眼鏡に日に焼けた顔がいかにも島暮らしっぽい。男性は南《みなみ》と名乗った。

(あ、そうか。対馬税務署の人に迎えに来てもらったんだった)

挨拶もそこそこに車に乗り込む。南さんの運転が穏やかなことを祈るしかない。

「わざわざすいません」

「いやあ、対馬は本土の人が思っている以上に大きいので、タクシーなんか使ってたらすごい金額になりますよ」

南さんが言うには、この車も社用車だという。もっとも対馬に住むと車がなければどうしようもないので、赴任が決まるとみな島内での足探しに奔走するらしい。

(思っていたより、田舎でもないのかなあ)

特徴のある石積みの塀が国道沿いに並んでいる。いまは農協や信用金庫、中古車センターになっている敷地の前にも、琥珀色の石が隙間なく積みあがった石垣があって対馬の歴史を感じさせた。

「あれは、対馬の特徴です。大昔、ここは朝鮮通信使が通る道だったみたいですよ。ちょっと行ったところにお殿様が住んでいた城もあります。対馬はむかし十万石あってそこそこ大きい藩だったんですよ」

「お詳しいですね」

「いやあ、対馬にくると観光業がメインなんで、なんとなくみんな歴史を勉強することになりますね」

「観光客、多いですか。中国の」

「いや、対馬に中国人はいないと思いますよ」

「そうなんですか」

「ほとんどが韓国人です。観光バスも。日本人の観光客は少なくて、ホテルも旅館も韓国人でいっぱいです。見てもらったらわかると思いますが」

ハングルの看板しかないホテルの前を車が通り過ぎる。南さんいわく、あれは韓国資本のホテルらしい。少なくとも韓国人しか来ないだろうホテルを建てて儲かるくらいに観光客が多いとは驚いた。

「対馬から韓国は五十キロしか離れてないんですよ。放っておいたら韓国のローミング拾いますから気を付けてくださいね。すごい額の請求が来ますよ」

言われて、あわててスマホの設定を見直した。

空港からしばらく山の中を走ったが、税務署のある厳原《いづはら》はそれなりに開けていて、目の前にコンビニチェーンもあった。もう少し走ってお土産どころの観光センターに行けば、マツキヨやモスバーガーの入ったビルもあるという。

「しかし、こんなところまでわざわざ東京からいらっしゃるなんて、大変ですね。概要はお聞きしてますけど」

熱心ですね、と南さんが言う。わたしたちは二階の職員がいるフロアであいさつをしたあと、一階にある会議室に通された。

「職員さん、あれだけですか」

「あれだけです。十二名しかいないので。ここと石垣と小豆島が最小単位だってきいています。日本一小さい税務署だって」

「確定申告のときも十二人で?」

「いや、さすがにそのときは本土から応援が来ますよ。最近観光で個人事業主も増えてきたので、僕らだけじゃ手がまわらない」

　ということは、ここでは管理運営と徴収はほぼ兼任で、時期によってはさらに課税も兼ねるということである。

「だいぶ鍛えられそうですね」

「だいぶ鍛えられます。だから小さいとこに新人は飛ばないでしょ。ひととおり仕事覚えてからじゃないと使いものにならないから」

「南さんは徴収官ですよね」

「はい。でもここじゃみんなが何でも屋ですね。やれる人がやる、みたいな感じになります」

　さぞかし残業ばかりで忙しいだろうと思ったが、聞いてみると忙しさの部類が都会とは違っていた。

「まあ、見ての通り田舎なんで、出張先まで行くのに時間がかかりますよね。移動で半日つぶれるというか」

　まず、会議室に入って彼がしたことは、テーブルの上に対馬の地図を広げることだった。

　たしかに南北に大きい。だが東西はそうでもない。

「この税務署のある厳原から北の比田勝《ひたかつ》港まで行くと、だいたい二時間半かかります」

「二時間半！　新幹線で大阪に着いちゃいますね」

思ったよりも対馬はずっと大きい。淡路島より大きいとは思わなかった。

「もちろん電車もないので、一日に四本のバスか、車です。すごい山道で道幅もないので島民は軽自動車が多いです。みんな一日の仕事の半分が買い出しで、つねに食料はストックしてます。冗談抜きで本土からの船が止まるとあらゆるものがなくなるんですよ」

このご時世にオイルショックみたいな話になってきた。実際、ガソリンは本土より五十円も高いらしい。車がないとなにもできない島なのに、ガソリン代がべらぼうに高いのは辛い話だ。

「それで、お尋ねのこの船ですが」

と、南さんはタブレットに添付で送った写真を出した。岸井がインスタグラムに上げていた漁船の写真である。

「船の名前から漁連に問い合わせたんですが、これは美津保《みづほ》の漁港じゃないですかね」

「みづほ……」

「イカ釣り船とかで有名な漁港のうちのひとつですね。あと、対馬のふるさと納税のサイトなんかでだいぶ有名になった黒岩水産が近いです。のどぐろが返礼品でもらえるとかで、一時日本一になったんですよ」

「ああ、ふるさと納税。のどぐろかあ」

のどぐろとはアカムツと呼ばれる魚で、対馬や長崎など日本海側でよく獲れる高級魚である。有名なテニスプレイヤーが、大きな大会のインタビューで「のどぐろが食べたい」と発言してから、のどぐろってなんだ⁉ そんなにうまいのか、と噂になりあっという間に価格が高騰した。

「美津保は豊玉の小さな漁村で、民宿なんかもそんなにたくさんはなくて、みんな網元がついでにやってるような感じですね。ホームページも昔ながらのものが放置してあるだけで、今時メールでの予約もできない電話だけの昭和システムなんで、行く人はむしろ釣り客のリピーターがほとんどじゃないかなあ」

僕らもこの漁村には行ったことないです、と南さんが地図の場所にマジックで印をつけた。美津保大浦と書かれた海沿いの街は、グーグルマップで見る限り町とも村とも言えない船と海しかない光景が広がっている。

のんびり休暇を過ごすにはいい感じ。申し訳程度に載っているホームページの夕食例はまさに魚介を楽しむというより、海の僥倖《ぎょうこう》を浴びることができる量で、刺身好きとしてはたいへん心が躍る。

「で、本題なんですけど」

「はい」

「今日、このお客さん、対馬に来てますよね」

「来てます」

南さんが前のめりでタブレットの写真をスワイプした。

「この男ですよね」

薄暗い中、迷彩柄のウインドブレーカーを着て、釣り道具らしき細長いバッグと黒のスーツケースを引いた初老の男性が写っている。間違いない、岸井だ。

「今朝の厳原港です。フェリーで来たみたいですね」

「えっ、どうしたんですか、この写真」

「時間はわかってたんで、朝から張り込みました」

「張り込み……」

心なしか南さんの目がきらっきらしている。

「あの、そんな時間外労働をさせてしまって……」

「いやあ、いいんですよ。東京でも場合によっては夜中に踏み込むことだってあるじゃないですか。それに対馬に一年もいるとこういう刺激的なことってめったになくて。東京からトッカンが来るくらいなら、さぞかし大きな事件になるかもしれないと思うとわくわくしちゃって」

「わくわく」

　完全に探偵ごっこを楽しんでいる風情である。

「ゴシップがないわけじゃないんですよ。こういう地域なんで、タレコミとかわりと多いです。都会よりはずっと。噂が広まるのも早いし、山がいっぱいあって小さい集落同士はお互い距離もあるのに、何か起こるとみんなすぐに知ってるんです。あの人また車替えたわねーとか、すごいブランドのバッグ持ってたわとか」

「ネットが発達してるんですかね」

「いやあ、それが対馬にはまだ光が来てないんです。おとなりの壱岐《いき》までは光ケーブルが海底伝って来てるんですけど、対馬までは費用がかかりすぎるってね。だから、午後五時になるとネットが急に繋がりにくくなるんですよ」

「えっじゃあ、ネットゲームとか」

「むりむり。配信系全滅ですね」

「今はやってるHuluとかNetflixとか」

「ハハハ、みんな休みの日とか台風の日とかはレンタルビデオ屋に行ってますよ。あっなぜかYouTubeは見れます」

思った以上に文明が止まっていた。

ネット環境がよくないのでは若い人はさぞかし居づらかろうと思ったが、案の定島にただひとつのファーストフード店はいつも観光客と地元の学生でにぎわっているという。みんな目当てはコーヒーとフリーWi-Fiだ。

(そういえば、鏡トッカンが対馬税務署に応援要員を借りるっていってたけど、もう働かせてたのか)

よそさまの人員を手足のように使っていささかも悪びれない鏡は、先ほどから対馬の地図とタブレットをかわるがわる見比べながらなにごとかを思案中だ。

「そのあと、岸井はどこに行ったんですか。タクシーでホテル？」

「だいたい、釣り客は民宿の網元が車で迎えに来るんですよ。荷物も多いから。送迎代コミでの宿泊料だと思いますね」

「じゃあ、この美津保の民宿さんが迎えに……」

「来てました。軽トラが。まあ、みんな通る道です。僕も一年前はふとんとともにフェリーで上陸しました」

「ふとん!?」

全国に五万人いる税務官が大移動するのが七月十日であるが、民間と違ってギリギリまで自分が異動になることも、異動先も教えてもらえない。よって、南さんのように身一つでとりあえず異動という話も特に珍しいことではなかった。

　しかし、ふとんとともに船に乗り島流しに遭うケースは新しい。

「引っ越し、それだけですか?」

「僕も来てわかったんですが、島の官舎にはひととおりなんでも揃ってるんですよ。洗濯機とか冷蔵庫とかも。何十年も前から代々伝わってるちゃぶ台とかあります」

「前任者の引き継ぎとかは」

「うーん、署に釣り竿とか置いていく人はいますね」

「釣り竿の引き継ぎ……」

「みんな休日することないんで、半分以上が釣りにハマるんですよ。でも釣り竿持って帰るわけにもいかないし、そのまま置いていったものがあって、それが代々引き継がれてたり。あと車を後任に売る人とか。足の売買っていうか」

「足⁉」

「車がないとほんとどうしようもないんですよ」

　南さんの場合も、厳原港にふとんと最低限の着替えとともに上陸した。朝の五時、朝もやをかき分け到着したフェリー、陸で南さんを待っていてくれたのは晴れてお勤めを終えた前任者だった。

「必要なものは揃ってる、といわれて、車に乗れと」

なんの映画のキメゼリフだ。

「もう車に乗るしかないですよね」

「なんでそんなFBIのアジトの引き継ぎみたいなんですか!!」

「でも、みんなそうなんですよねー」

南さんの赴任話に盛り上がっていると、鏡ににらまれたので慌てて話を元に戻す。

「岸井は民宿に行って、それからなにしてるんですか。釣りですか?」

「おそらくそのまま朝の漁に行くんじゃないでしょうか。このへんはみんな定置網でイカが上がるから。夕食は鍋か刺身。あっ、アワビもうまいですよ。定置網まで行くなら、ぜひウニとってきてください。ごろごろしてるんで」

さすがにネットも娯楽も刺激もない(対馬署十二人のうち全員が既婚者の単身赴任、しかもそこそこの歳の男性なので署内ゴシップもない)と、めちゃくちゃ海にも詳しくなるらしい。

南さんが言うには、岸井はその後民宿に行き、朝の漁に参加したあと釣り三昧の日々を過ごすのではないか、ということだった。というのも、対馬の中心部はほぼ韓国からの観光客しかいず、大型の観光バスでどどっとやってきて、食べ物屋もどこもかしこも満員にしてしまう。有名な神社や韓国から伝わった仏像がある寺、城など、観光客が行くところはほぼ決まっているから、釣り客はほとんど中心部に近寄らないそうだ。

いままで南さんが撮った写真に見入っていた鏡が言った。

「岸井が持ってる旅行ケース、やけにでかいな。百リットルはある」

「たしかに大きいですね。まあ、観光客も持ってるので目立ちませんけど、釣り客でここまで大きいものを持ってることはめったにないです」

「これを民宿まで持ち込んでるのは妙だ」

鏡が言うには、ネットでかき集めたブランド品を対馬まで手で運んでいることは間違いないという。

「問題は、これをどこで捌いてるかですよねえ」

「韓国にそのまま渡るとか」

「さすがに入管がありますから、出国するとすぐわかりますよ。中身も手荷物検査がありますす。そんなブランド品がぎゅうぎゅうに詰まった旅行ケースはひっかかるんじゃないかと思うんですが」

「入管厳しくしてますよね。最近は長崎に中国船がしょっちゅう来るじゃないですか。福岡とか。ブランド品や金の売買に目を光らせてますよ」

「じゃあ、対馬ルートで韓国は、案外抜け道かも」

うーん、と三人で考え込む。

「韓国で売り捌く？　売り捌けますか？」

「まあでも、韓国からの観光客に交じって運ぶ係がいて、岸井はそいつに渡してるってことですよね」

「釜山から対馬までのフェリーは、費用的にはどれくらいかかるんだ？」

「季節によりますし、クラスによって上下ありますけど、安いですよ。韓国からの観光客はリッチ層じゃないですから。高校生も多いのでお小遣いで来られます」

ということは、韓国へ流すのにはそう渡航費はかからないということだ。

「でも、入管でひっかからないのはおかしいんですよね」

「さすがにブランドバッグが詰まってたら、しかも何度もでしょ。ひっかかると思うんですよ」

「ブランド品じゃないってことなのかな」

「入管をパスできて、換価しやすい、質屋の扱うものだぞ」

「アクセサリー類なら目立たないかも」

わたしの言葉に、男二人がうんという顔で見る。

「エルメスの時計や中国で人気のあるティファニーのキーモチーフのダイヤネックレスなんかは、ひとつが何十万もしますけど、それこそ私物かどうか判断できないですよ」

この前ネット公売に出て即落札されたと聞いた。今も昔も日本人はブランド品が大好きなのだ。

「同じものがいくつもあるわけじゃないってことか」

「最近、レザーが高くなったんでシャネルのヴィンテージマトラッセの価値が高まってて。いま中古市場で一番換価しやすいバッグらしいです（木綿子さん情報）。でも、チェーンが取り外しできるタイプだったら、ばらばらにしてしまって中にハンカチでも詰めておけば、手荷物検査でちょっと大きめのポーチにしか見えませんよね」

我ながらいい案だと思ったのだが、鏡の反応は冷淡だった。

「そんな手間のかかることをするか？　だったら日本国内で売ったほうがよほど儲けが出るはずだろう」

「それも、そうですね」

高級バッグは売る相手がいる。高級な時計もだ。それを韓国に持ち帰って果たしてだれが買うのか。

「釜山ですしね」

「ソウルとかならまだしも」

「そこからソウルに運ぶのでは？　それから中国に」

「さすがに輸送コストがかかりすぎる」

再び三人でうーんと考え込んだ。岸井がネットで高級ブランド品をかき集めてわざわざ手持ちで対馬に持ち込んでいるのはほぼ確実だ。だが、それをどうやって韓国へ出しているのか、韓国での販売ルートはどうなっているのか。それがわからない。

「とにかく、港で岸井が韓国人と接触するのを待って押さえるしかないな」

中身を見ればわかるだろう。どのみち岸井は滞納しているのだから、その場で彼の私物を差し押さえても法的な問題はないはずである。

「明日、港で岸井を押さえましょう」

ということになった。こういうとき、相手が滞納していれば令状なしに動けるのが徴収官の強みである。

「それで、これから私たちどうしますか。岸井の張り込みをするにしても、さすがにこういう場所だと釣り客でもない我々が押しかけたら怪しいですよね」

それに宿の問題もある。事前に現地のホテルを押さえようと思ったら、なんと島に一軒だけあるチェーンのビジネスホテルが満員だったのだ。それで、土地勘のある南さんに我々の宿の手配はおまかせしていたのだが……

「鏡さんたちは、この美津保の漁港にある別の宿に泊まっていただくことになってます」

「えっ、民宿ですか」

「そうなんです。ご覧の通り、街中のホテルは観光客で満室で」

ほかのホテルも同様の状態なので、むしろ少し離れた漁村の民宿のほうが、食事もおいしいしおすすめなのだという。

「岸井の定宿は『民宿おおうら』。お二人に泊まっていただく宿は、そのすぐ近くの『民宿かさの』です」

グーグルマップを拡大してもそうめんのきれっぱしのような道しか出てこないが、住所から言うとこの近辺であると思われる画面を凝視する。何度見てもなにもない。グーグルアースで見ると漁船以外にも建物がかろうじて確認できた。

「そこまで送りますので、行きましょうか」

南さんはわたしたちを漁村まで送ったあと、「これがこの対馬で変に思われないためのお二人の偽プロフィールなんで、覚えておいてくださいね」とコピー用紙を一枚渡してくれた。

「あ、あといも虫系がダメな人は、対馬名物のろくべえというサツマイモのソバは食べないほうがいいです」

なぜかと言うと、たまに太いうどん状ではなく、毛虫ほどの短い麺で出てくる店があるとかで、なかなかインパクトがあるという。わたしはついろくべえで検索してしまい、黒くて三センチほどの太い麺がびっしりどんぶりに浮いている画像を見て納得した。ちなみに、わたしはこれをまたべつの機会に食べることになるのだが、対馬の人の名誉のために、見た目のインパクトとは違って、あっさりした普通の麺であることを書き添えておく。

対馬で口にしたもので魚介以外に特筆すべきものは、なんと言っても原生林で取れた貴重な日本ミツバチ百パーセントのはちみつである。これは万松院《ばんしょういん》の売店で購入できるので、わたしは木綿子さんとはるじいにひとつずつ買って帰った。

さて、明日の作戦が決まるととりあえず今日はもうすることはない。南さんの車で美津保大浦の宿「かさの」まで届けてもらい、宿でまったりすることになった。ちょうど定時の時間になり、南さんを食事に誘ったが、彼はこれから飛行機で福岡に戻るそうである。子供の運動会なんですよと嬉しそうに笑って、お父さんはガイドのお勤めを終え、貯めたマイルで家に帰っていった。ちなみに、週末の便はプロペラ機ではなくもう少し大きめの飛行機が飛ぶらしく、本土からの利用客の多くがビジネスマンであることと関係があるかもしれない。

対馬には多くの本土からの駐在員が暮らしている。陸海空の自衛隊が揃っているのもあるし、官公庁の出先機関も集まっていて、税務官たちが住む官舎にも国税以外の国家公務員が入っている。中でも大変な仕事が税関や入管で働く人々で、彼らは毎朝厳原の官舎から車で二時間半かけて山道を北上し、比田勝港で勤務、最終のフェリーが出たあとまた二時間半かけて、今度は暗い山道をへとへとになりながら帰宅する。それに比べたら、いくら古くて隙間風がひどいとはいえ、通勤時間五分の我々は恵まれていますよ、と南さんは言った。

狭いコミュニティなので、なにか季節の祭事があれば署長には土日はない。小学校の運動会や老人会の集まりにはまめに顔を出し、漁連や観光関係のフェスのようなものがあれば積極的に署として参加をする。都会にいれば一生無縁だったような地域との密な生活もここでは仕事のうちなのだ。

美津保大浦の集落は、ざっと見たところ十軒ほどの家が小さな入り江を取り囲むようにして点在していた。白い塗装の漁船が生け簀のすぐ横につけられ、中に大きな黒い魚が泳いでいるのが見える。

（あれ、どう見ても高級魚なんだけど、こんなセキュリティもなんにもないところで、だれかに盗まれたりしないんだろうか。いや、こういう集落だから関係のないトラックが止まってたらすぐに不審に思われてバレたりするのかも）

濃い潮の匂いに海風が強いことを知る。わたしの故郷も海の傍だが、神戸という都会の一端だから魚市場近くまでいかないとここまで海の匂いはしない。それがかえって、遠いところまで来たことを繰り返し知らせている。五感の中でも特に嗅覚は脳への刺激が強いとは、どこで聞いたトリビアだっただろうか。

（海の水、キレイだなあ）

透明度が高いので石積みや網にひっかかっている海藻らしきものまではっきり見える。わたしがいつも休日、豊洲の公園からぼうっと見ている海とつながっているとは思えない。

「鈴宮、行くぞ」

呼びつけられて犬のように駆け寄った。鏡に呼ばれて瞬間ダッシュする癖が身についてしまっている悲しいわが身である。

申し訳程度にアスファルトで舗装された道は入り江に突き当たり、集落もそこで左右に分かれていた。わたしたちが今晩泊まる民宿は右側に、岸井が泊まっている定宿は突き当たりをすぐ左に入ったところにあった。さっき写真で見せてもらった今朝の港で岸井を乗せた軽トラが停まっている。まちがいない。

驚いたことに、こんなにギリギリのところに建てても津波は大丈夫なのか、と心配するほど、どの家も海が近かった。

（そういえば、南さんが、対馬は地震がないって言ってたな。日本で地震の来ない場所なんてあったんだなあ）

民宿「かさの」は玄関こそ、普通の家の五倍ほど広さがあり、いかにも高そうな巨大な花瓶と屏風がお出迎えしてくれたが、奥はごく普通の田舎の家という雰囲気だった。ただし、一部屋一部屋が広めであったり、一階から吹き抜けになっていて、階段を上がると吹き抜けを取り囲むようにして部屋が並んでいる。旅館のような構造だ。

「こんにちは。今日はお世話になります」

「遠いところをようこそ」

おかみさんは割烹着《かっぽうぎ》姿で出てきて、わたしたちに風呂や洗面所の場所を教えてくれた。一見、どこにでもいる普通の老婦人である。

「もう少ししたら主人が海から戻りますんで、それからお夕飯の支度させてもらいますね」

「あ、はい」

「あと、ええと、お二人は別々のお部屋でよかったのよね」

言われて、そうかそんなふうに見られがちなのかと改めて自分と鏡を見た。

「あっ、こちら、じょっ、上司です!!」

「部下です」

「ああ、そうよね。スーツなんて着てる人はみんな仕事で来るから。でも、こんな辺鄙《へんぴ》な民宿に泊まる人はあんまりいないのよ」

「自分たちは、それも仕事ですので」

わたしは一生懸命、南さんが用意してくれた偽装プロフィールをおかみさんに説明した。

「わたしたち、フィルムコミッションの仕事をしてまして」

「はあ……」

「簡単に言うと、映画のロケ地を提供する会社なんです。それで対馬に」

言うと、おかみさんの顔がぱあっと明るくなった。

「へえ、映画！　じゃあここで映画を撮るの⁉」

「あっ、いえ、そうじゃなくて——」

先走ってはしゃぎだしそうなおかみさんを制したのは鏡だった。

「ロケ地になりそうな場所を探して、制作会社に提供するのが私たちフィルムコミッションの仕事なんです」

南さんの書いたシナリオどおりだ。ロケ地を探す会社だと言えば、写真をいくらとっていても不審に思われないし、こういった閉鎖的な集落でもわりあい好意的に受け取ってもらえる。

「そんな専門の業者さんがいるのねえ。なるほどねえ。こんなところまで会社員の人がなんの用だと思ってたけれど、映画ねえ。そうなの」

おかみさんはにこにこと風呂と食事の時間を告げると、厨房がある暖簾《のれん》の奥へスキップで戻っていった。

「効きますね、偽装フィルムコミッション」

「効くな」

みんなけっこうミーハーだということだろう。赴任一年目で対馬の人々の心を知り抜いてしまっている。さすが南さん、ベテラン徴収官の洞察眼。

「じゃあ、わたしたちも食事まで散歩に出ますか」

「散歩じゃない。ロケハンのふりだ」

「そうですね、ロケハン。ロケハンかあ。楽ですねこの身分」

シャッター音を気にすることなく撮影したり堂々と動画を回したりできるのだ。できれば今度から地方に行くときはなるべくロケハンだと言い切りたい。

二人して部屋に着いたところで立ち止まった。どちらがどちらの部屋か聞いていない。

(っていうか、待って。これ、ただの普通の引き戸では?)

ふすまと同じ和室の引き戸である。当然鍵などついていない。

(鍵、ないとか)

思わず引き戸を開けようとした手が止まる。いやいやそんなとそのまま戸を横にやった。

ふとんが敷いてある。それから旅館でよく見るようなぱりぱりにノリのきいた浴衣。

「普通の、部屋ですね」

念のため鏡の部屋ものぞいてみたが、左右対称なこと以外はほぼ同じだ。設備も。ちゃぶ台に二十インチの液晶テレビに急須にポット。以上。

「のぞくな。鈴宮、夜中勝手にそこ開けたら通報するからな」

「それ、わたしのセリフですわたしの!! わたしのセリフ!!」

「お前には前科があるだろ」

鏡はじろりとわたしを一瞥すると、人の手で可能な最速の速さで引き戸をぴしゃりと閉めた。

(なんなんだ人を痴女みたいに!)

彼の言う前科とは、わたしが彼の住んでいる九段下のセレブマンションに用があって押し掛けた一件のことを指しているのだろうが、わたしに言わせればインフルエンザをこじらせて無断欠勤をした上司を救出しに行ってあげたのだから、感謝されこそすれ、痴漢あつかいは心外である。

「あー、もう。あんな上司と民宿泊まりなんて最悪！」

「聞こえてるぞ！」

「聞こえるようにいいました！」

壁が薄いことなど見ればわかる。

荷物は下着ぐらいしかないので、えいやっとパンストを脱いで足を楽にした。それから財布とスマートフォンだけをミニトートに入れて探索に出る。日は暮れかけていたけれど、対馬の複雑な入り江と海からすぐの山の緑、決して海の青に混ざらないオレンジ色の波が何とも言えず美しい。

対馬は平地がほとんどないという。しかも土地がやせているので、だから蕎麦やさつまいもが郷土料理なんです、という南さんの解説を思い出した。

なんとなくふらふらと歩いていると、集落の人が車に子供をのせて帰ってきた。小学校が遠いのだろう。子供たちは民宿の客に慣れているようで、とくにわたしを不審そうに見ることもなく家へ帰っていく。

(こんなところまで追いかけてきたけど、明日本当に現場を押さえられるんだろうか)

鏡は自信たっぷりにああ言ったが、もし押さえたスーツケースが空だったとしたら、国税局は岸井に対して二度までも恥の上塗りをしたことになる。今度こそこのケースは本店(国税局)行きになるだろうし、目前にせまった鏡の異動先にも影響が出るかもしれない。けれど、こんな国境の島までわざわざ大荷物を運んでいるのだ。そして、彼の購買履歴にあったブランド品が見つかっていない。だが、毎日のように韓国からの観光客は押し寄せる。観光客に紛れ込んだ同業者にひそかに売り渡して、ウォンで取引し、韓国の銀行に金を貯めているセンが強い。

(どう考えたってそれしかない。だけどなんだろう。このもやもやとした違和感のような、不安は)

適当にそのあたりの写真を撮っていると、海の向こうからバババババと波をかき分けるものすごい音が聞こえてきた。はじめは船には見えなかった。船体全体がまばゆいばかりのゴールドに輝いていたからだ。

たとえるならそれは、巨大な黄金のイカ。

(イカだ。いや船だ)

思わず目をこすった。

（漁船ってあんなに早いんだ。っていうか、なんで金色？）

すごいものを目撃してしまった気がしてなんとなく動画を撮る。すると入り江の入り口あたりで金の船は速度を急に落とし、ゆっくりと大きな波に揺られながら中に入ってきた。

よく見ると知っている漁船のかたちではない。細長いミサイルのようなボートだ。

（これ、レース用のボートだよね。漁船じゃなくて）

「なんだ、おじょうちゃん。釣りしに来たのか⁉」

黄金のレーシングボートから赤い救命ジャケットを着たスキンヘッドのおじいさんが降りてくる。黄昏時《たそがれどき》の海から現れた金色のボート、そこから降りてきたスキンヘッドの赤いジャケットの老人。あまりにも視界からの刺激が強すぎる。

（えべっさん、ていうか布袋《ほてい》さんが来た……）

「どうしたどうした。そんな靴で釣りのわけないな。魚か、刺身か、サザエか。それともおまえさんものどぐろ食べにきたのか！」

「のどぐろ⁉」

わたしの胃袋が過剰に反応した。

「の、のどぐろってあれですか。某テニスプレイヤーが食べたいって言っただけでめちゃくちゃブームになって、いま浜松町とかで一尾一万円とかで取引されてる幻の……」

「ハハハハ、幻のわけあるかい。そこにいっぱいおるさ」

言って、生け簀を指さした。そこにはタブレット端末ほどの大きさの赤い魚がもりもり泳いでいる。しかし黒くはないし、大きさもスリムで普通。いかにも高級魚という雰囲気はない。

「あれがのどぐろ？　黒くないですよ」

「何言ってるんだ。のどぐろはアカムツっていうんだよ。のどが黒いからのどぐろっていわれるだけで」

「ええ、のどぐろなのに赤い⁉」

そういう反応に慣れているのか、謎の布袋さんは笑いもせず、救命ジャケットを脱ぎ捨ててひょいと陸地へやってきた。

「ウチのお客さんだろ。なら好きなだけ食べていったらいいさ。東京では食えんじゃろ」

「あ、じゃあ笠野《かさの》さんですか。今日お世話になる民宿の」

あの大きいが普通の民宿のオーナーにしてはド派手な船に乗っているなあと思ったら、

「ハハハハ、うちの家はとなりに建て替えたけ、前に住んどったほうを貸してるだけよ。のどぐろが急に高くなったけなあ！」

笠野さんの指さすほうを見ると、たしかに民宿のとなりに真新しい一軒家が建っている
（瓦が金色だ、間違いない感じ）。

「漁に行ってらしたんですか」

「まさか！　こんな時間に行くわけあるかいな。わしのは海のパトロール」

「パトロール……」

「このへんはなあ、中国の密漁船が夜来るんよ。昔っからな。ところがのどぐろがブーム
になったのを知ったのか、最近夕方になるとまだ明るいうちから堂々と来よる。それで、
この暇と金を持て余したおっさんの出番よ」

暇と金を持て余したおっさんを自称した。強い。

「中国の密漁船は足が速い速い言われとったけど、せいぜい五五ノットが限界よ。それで
わしはこの、ゴールドフィンガー号を買った！」

「ゴ、ゴールドフィンガー……」

「天下のY工業製、今年も世界一のシガレット‼　もちろん即金じゃ！」

すぐ金の話になるところが関西人と親和性が高い。わたしもそんな関西人だが。

「お、お高いんでしょうね」

「まあそこそこな。だが最新型のエンジンを積んどるから、そこらの海上保安庁の船より

速い。七〇ノットは軽い。このゴールドフィンガーより速い船はいまのところ日本にはない！　わしはこの対馬の海でひと儲けさせてもらったからな。その恩返しを私財をなげうってこうやってしてるわけよ」

「そのゴールドフィンガーで、中国の密漁船を蹴散らしてこられたんですか」

黄金の指というよりはどうみても巨大な黄金のスルメイカに見えるが、笠野さんはすっかり007の気分のようで、

「今日はおらへんかったけどな。おったら即特攻よ。たいていやつらわしのこの船を見て逃げ出しよる。通報しても海保のボートが来るのは一時間後よ。そうすると、あいつら逃げもしないで漁をはじめる。むかつくやろ？　だから、そんなときはわしは、コレよ」

ビニールのカバーをつけ首から下げたスマホを見せつけてきた。

「証拠写真を撮るんですか？」

「ばかいうな。そんなものなんの役にたつ。わしがやってんのは、ネット実況じゃ！」

黄金のイカに乗った布袋さんは、まさかのユーチューバーだった。

「ハハハハ、このへんは韓国が目の前だから、韓国の電波拾って即実況だな!!　わしのゴールドフィンガーの雄姿も映えるし、わしの活躍を全世界に知ってもらえるけん。警察なんかよりこっちのほうが効くんじゃ。最近はゴールドフィンガーに乗りたい民宿のお客さ

んもたくさん来る。北九州放送で大人気になったからな!!　ハハハハ!!!」

恐ろしいことに笠野さんの言うことは本当で、「海の007。対馬、密漁24時!?」は更新されるごとに何万ビューを稼ぎ出す人気番組だった。

(とんでもないものを見てしまった)

心を癒す海辺の散歩に出たはずが、思わぬ衝撃を受けて帰ってきたわたしを、鏡は、家の中でアシダカグモを見つけてしまったときのような顔をして見ていた。気持ちはわからなくもない。鏡もまた、民宿でゴールドフィンガーの記事を見つけてしまっていたのである。

〝対馬ののどぐろ長者、私財をなげうって海の007になる〟

そんな笠野さんの雄姿を称える地元の新聞の切り抜きが、夕食会場のあらゆるところに額に入れて飾られていたのだ。

「見たか、金のアレ」

「見ました。ゴールドフィンガー」

こんなネットのない島で、島民はさぞかし窮屈で前時代的な生活にしばられているのかと思っていたら、まさかののどぐろ長者が金色にカスタムした世界最速ボートで密漁船を追いかけ、世界中にネット実況していた。世の中は広い。

その日、わたしと鏡は、奥さんからフィルムコミッションの人間だと聞いた笠野さんが、ぜひ映画のオープニングはうちのゴールドフィンガーで追跡劇をやりたいとか、００７のロケ地としてここ大浦を推薦したいとか熱弁をふるう中、ご自慢ののどぐろの塩焼き、のどぐろ鍋、高級アワビなどの海の幸を黙々と胃袋に送り込んだのだった。

笠野さんがひとくとおりの自己紹介と戦歴を語りつくし、母屋のほうに引っ込んだあと、鏡が思わぬことを言い出した。

「岸井は、密漁船とコンタクトを取ってるんじゃないのか？」

話がでかくなってきた。

その夜、わたしは鏡が言い出した、『岸井が中国の密漁船にブランド品を渡しているのではないか』というとんでもない国際犯罪説を布団の中でもんもんと考え――ることなどせず、横になって二秒で寝た。

（寝つきのいいことだけが昔からのとりえだから）

おかげで次の朝はすこぶるいい気分で目覚め、そこがビジネスホテルでないことに戸惑いながらも家庭的な洗面台で顔を洗い、鏡に出くわした時のために早々に化粧をした。時計を見ると朝の七時。出張中であろうが仕事に入るのは午前九時からなので、それまではゆっくりしていようと散歩に出た。

「おはようございます」

早起きのおかみさんにあいさつをする。おかみさんは玄関口横のガレージのような場所でイカを干していた。その奥の炊事場らしい場所から炊飯のにおいが漂ってきてわたしの食欲を刺激する。

「おはようございます、もうちょっとしたら朝ごはんやからね」

「はい、楽しみです」

幸いなことにその日もいい天気だった。いつもの出張はとんぼ返りなことが多いので、こんな日本の果てでのどかな海を見ながら始業時間を迎えることは珍しい。

「あーー、海が、きれいだ、なー」

そんなどうでもよく、あたりまえのことをつぶやけてしまうのも、聞いている人間がいないせいだ。旅館の建っている岸ぎりぎりまで打ち寄せる水は、ただ青く澄んでいるのではなく、なにか神々しいものが溶けているかのよう。画材店のショウウインドウに飾られていた特色入り108色の色鉛筆にもない色だ。

しばらくぼんやりと言葉も発さず、ぼうっと海を眺めていた。

（とりあえず、朝ご飯食べたら港に行って岸井を張って、ブツを交換したところを押さえ

る、でいいのかな)

果たして中にブランド品がぎっしりつまっているかどうかはわからない。開けてみないとわからないから、その場での判断になる。難しい判断になるだろうと思うが、こんなときばかりは百戦錬磨の鏡の嗅覚に頼るしかない。

(そういえば、鏡特官、まだ寝てるのかな)

噂では夜明け前に起きてランニングをしていると聞いていたから、出張先でも律儀にその辺を走っているのかもしれないが。

なんて、人間らしいことをあの鏡に求めたのが馬鹿だった。

(な、なん……、海のむこうが、光ってる!!)

もうとっくに夜は明けたはずなのに、水平線の向こうから後光が差している。そしてその周りに散る水しぶき、激しいモーター音とくればもうアレしかない。

「ゴ、ゴールドフィンガー!!」

民宿かさのが、いや対馬が誇る世界一速い密漁船実況船。金色に塗装された巨大なイカのごときその姿は、あっという間に海を割ってわたしが座り込んでいる入り江に入って来た。

ゴールドフィンガーにはユーチューバー布袋さんこと笠野氏以外にも数人の男性がライ

フジャケットを着て乗り込んでいた。朝釣り帰りらしく、笠野氏は生け簀に本日の獲物をまるっとぶちこんでいた。

（あ、岸井だ）

釣り客の中には岸井もいた。どうも自前らしい釣り道具一式を抱え、興奮したように早口でしゃべりながら船から降りてくる。しきりにゴールドフィンガーのことを言っているから、この船は釣り客の間でも有名なようだ。

「なんだ、起きたのか」

怪しまれないようにそうっと岸井を目で追っていると、ふいに背後をとられた。この声はうちの上司である。

「かっ、かが、かがみ……」

トッカン、と言おうとして飲み込む。この場合課長、とか係長が適当なのだが、なんとなく職場の統括官とは違って、トッカンが課長と呼ばれることはない。

（そりゃまあ特官課にはトッカンかトッカン付きしかいないから、課長と係長しかいないことになっちゃうし）

「なんだ」

「鏡さん、その恰好」

ジャージの上に真っ赤なライフジャケット。どう見ても朝釣りを楽しんできたようにしか見えない。

「イカ釣ってたんですか」

「ちょっと偵察にな」

「ゴールドフィンガーに乗ったんですね」

「岸井があやしいからな」

「乗ってみたかったんですね」

「……密漁船とコンタクトをとっている疑いが」

「そのセンは薄いって昨日話しましたよね」

「…………」

「話しましたよね」

単に乗ってみたかっただけであることは明白だった。だいたい、岸井はボートにあのスーツケースを持ち込んでいないようだ。

「普通に考えて、たかがブランド品の密輸で口止めしなきゃいけない人間が多すぎるんですよ。下手したら塩水かぶるのに、こんなコンディションじゃとても高級品は運べない。単なるおっさんの朝釣り以外考えられません」

「そんなことはわかっている！」

それでも、朝から超高速ボートに乗って機嫌をよくしたらしい鏡は、わたしに厭味ったらしいクギをさすこともなくさっさと朝食の場に向かった。早く釣ってきたイカが食べたいところを見ると、鏡トッカンの十年後が見えた気がした。

（しょせん鏡特官もおっさんか）

そのうち自主的に伊豆諸島に行く気になるかもしれない。それはそれでわたしのように彼の下につく可能性のある年代の徴収官たちが安堵するだろう。

（行くがいいさ。伊豆諸島へ。きっとコーヒーもおいしかろう）

完全にナシのセンになったブランド品漁船で密輸案にほっとしながら、わたしは鏡が釣ってきたイカが並ぶ食卓へ急いだ。玄関の扉をあけようとして、

「お前、またか、いいかげんにしろ！」

建物の外で怒鳴り声がしたので、思わず足が止まった。

（えっ、なになに、なに）

声は入り口とは別の、トタンで作られた納屋のような場所から響いてきた。さっきおかみさんがイカを干していたところである。そこは笠野氏が漁で使う道具などを干す場でもあるのだろう。あの赤いライフジャケットも吊るしてあった。どうやらそこから魚を直接

厨房に運べるようになっているらしい。

言い争っているのは夫妻だった。

「そんなぁ、高いものと違うって言ってるでしょ」

「昨日やけに隣に車が多いと思ったら、あの隣の客、また隣で押し売りやっとったんか」

「押し売りは違うよ。あの人に見せてってお願いしてるだけよ」

「見るだけやないやないか！」

「それはそうやけど。いっつも買ってるのは黒岩《くろいわ》さんくらいよ。私の買ったのなんてただの手提げよ」

「手提げって、それもブランド品やろう!!」

はじめは単なる夫婦喧嘩かと思ったら、なんだか内容がきなくさい。そのまま自然と立ち聞き体勢に入る。

（ブランド品？　これってまさかの、あの岸井の話？）

職業病か、すぐさま手がスマホの録画ボタンを押す。

「そんな大したものと違うって。それにあの客から買ってるのはいつも黒岩さんよ。わたしらは見てるだけ」

「見てるだけのために、島中からあんな何十人も集まるんか！」

「だって、みんな見たいっていうんだもの！　見てるだけでも珍しいんよ。いいじゃないのグッチとかセリーヌとか買ってるのは黒岩さんと、竹中《たけなか》さんくらいよ。だいたいあんたが買ったあのボート代に比べたらこんなもの……」

「もうええ、はよお客さんの用意せえ！」

会話が切りあがりそうなので、慌ててスマホをポケットに戻し、何食わぬ顔で玄関で靴を脱いだ。そのままトイレの方へ行き、トイレから出てきたふりをしておかみさんと会う。我ながら、身にしみこんだ芸が細かい。

「いい匂いですね」

「ああ、お待たせしてごめんなさいね。今から運びますね」

「楽しみです」

居間に向かう。鏡はすでに席について、用意されたものをほぼ食べ終えていた。朝も早くから沖まで行ってきたのだから、おなかが空いていたのだろう。

『笠野夫婦がケンカしているところに居合わせました。岸井は隣の民宿で、島民相手の行商をしていたようです』

わたしがスマホでメールを打ち、送信。手を合わせていただきます、のち、いま刻まれたばかりの美しいイカの刺身を味わっている間、鏡がわたしのメールを読んでいる。

（うーー、イカすごいおいしい。このイカはぜったいイカリングとかにしたらもったいないレベルのイカなんだろうけど、イカリングも食べてみたい絶対おいしい）

わたしの脳内が一瞬でイカで埋まったころ、メールの着信があった。鏡だ。

『詳しく話せ』

『あとで動画も送ります。ボリュームに気を付けてください』

わたしと鏡は朝食に舌鼓をうちながら、かわるがわるメールで打ち合わせをした。張り込み中はこういうことはままあるのだ。

『笠野夫婦の口ぶりだと、岸井はここに来るたびに隣でブランド品の行商会をしていたようです。たしかに現地で、しかも現金ではけたらアシはつきません』

『あの百リットルのケースに詰め込んできたブツ、こんな漁村で全部はけるか？』

『岸井の来る日は決まっていたようですし、このとおりのんびりした娯楽の少ない島ですから、みなさん茶話会もかねて来るんじゃないでしょうか』

『だとしても、なにひとつ品物《ブツ》が残らないのは不自然だ』

あの奥さんの言い方だと、奥さんが買ったのはそんなに高価ではないトートバッグ。しかも年配の人が知っているブランドだから、ケイト・スペードとかジミーチュウなどではないだろう（コーチだとわたしは踏んだ）。しかし、のどぐろで島一儲かっているらしい黒岩さんの奥さんとやらは、グッチを買っていたと。もちろんグッチもピンからキリまである。

（グッチのなにを買ったかにもよるけど、バッグかなー。靴はサイズがあるし、緩衝材に服をもってきたとしても、あの運び方だと箱は無理。ということはそこまでハイブランドではない。んー、でもジュエリーはあるか。時計はおそらくない）

もちろん確証はない。毎回岸井が奥様方のリクエストを受けて帰って、それを一ヶ月後に売りにくるのも不自然だ。いくら島とはいえインターネットができないわけではないし、福岡にさえ行けばブランドショップなどいくらでもある。

さすがに毎回売れ残りがないことはありえない。売れ残りを持って帰ったところで、岸井には売る手段がない。この島内のどこかで捌いているのは確かだろう。

『黒岩さんや、ほかのお客さんから、高額なものだけ注文をとり、ほかはついでにお土産がわりに手ごろな値段のものを持参している可能性はあると思います』

『だとしても、エルメスひとつにしてもいろいろある。何が欲しいか決まっている客ならそれも考えられるが、そんな上客なら届けに行くんじゃないか』

『そうですね。エルメスなら百万円単位ですし』

具体的に何を売っているのかは知らないが、岸井がこの島でひそかにブランド品の売買をしている足取りはつかめた。あとはここの奥さんをはじめ、黒岩さんら行商会に参加していたらしい人々を片っ端から捕まえて聞けば、岸井も言い逃れはできないはず。

『今日の予定、どうします？　岸井からブランド品を買った人間の割り出しと言質《げんち》をとりますか？』

『いや、先に岸井をゲロさせろ』

　ふすまが開く。

「今日もいいお天気でよかったですねえ。お仕事はかどりますよねえ」

　わたしたちのことをフィルムコミッションの人間だと思っている奥さんが、にこにこしながらおかずを運んできた。正直もうおなかに入らないが、なんと大好物の出汁《だし》巻きだ。これは食べたい。とてもとても食べたい。

　鏡がまだ食べるのか、という顔をしてきたが無視して一切れ食べる。おいしい。こんなおいしいご飯を作ってくれたおかみさんに、これから正体を明かして詰問しなければならないなんてとても辛い。出汁巻きおいしい。おいしい。

　ぱんぱんになったおなかとともに、妙にやる気がみなぎってきた。いつもダイエットという文字が脳裏にちらついておなか一杯になることに罪悪感を感じていたが、満腹感がこんなに仕事をやる気にさせるとは驚きだった。

（よし、やるぞー！）

チェックアウト時間になり、民宿を出るとちょうど隣の宿に泊まっていた岸井らも外に出てきた。いつもの岸井の行動パターンによると、十五時のフェリーで福岡に戻るから、昼には街中に戻って昼食でもとるのだろう。

タクシーを予約しようと奥さんに相談すると、ちょうどだんなさんが中心街まで出るので、車で送ってくださるとのことだった。

「どこで降ろしたらええんかいな」

「えっと、港で」

「はあ、でも船出るまでまだまだあるがな」

「あっ、そ、そうなんですけど、ちょっと港の様子も見たい、かなーって」

それから一時間かけて、山道を走り中心街まで戻る。途中、散歩中のおばあさんや仕事中らしき島民の男性など、さまざまな人に出会っては皆あいさつを交わしていく。全員顔見知りなのだろう。こんな田舎ならではの光景に一瞬仕事を忘れてほっこりした。

少し早く出た岸井の乗ったおとなりの軽トラに、先の集落にある信号で追いついた。荷台にはあのスーツケースがある。

『あの中身、本当に全部売れたんでしょうか』

『残っている可能性もある』

『そうですけど、はたしてもって帰っても処分できますかねえ。福岡で二束三文で売って帰るとか』

『身分証明書提示なしで引き取ってくれるところにアテがあるか、だな。どのみちたいした金にはならないだろう』

それでも、岸井の目的があくまで釣りなのだとしたら、そして現金を使い果たすことなのだとしたら、全ての行動が儲け度外視の可能性はある。

(あっ、岸井のトラック、曲がった！)

港へ向かう幹線道路から外れるようだ。慌てて笠野さんに声をかける。

「あっ、そこ曲がってください！」

「なんだ、あんたら、土産でも買うの」

「土産……」

みると、大型観光バスが二台止まっている。いかにもな物産センターである。

「そうです!! お土産買います！」

強引に軽トラックの後を追わせ、駐車場で降りた。岸井はお土産店が並ぶ建物の中に入ったようだ。笠野さんはここで待っているというので、コーヒーでも買ってきますねと言いおいて後を追った。鏡は先に岸井を探しに行ったようだ。すばやい。もう視界にいない。

（それにしても妙だなあ。対馬には何度も何度も来ているはずなのに、いまさら土産なんて買うだろうか。しかも、わざわざフェリーを使って足取りを目立たなくしているはずなのに）

店は観光客でごったがえしていた。止まっていた大型観光バスの客だろう。韓国語が聞こえる。だいたいみな五十代以上の女性。添乗員らしき腕章をした女性がいたから、韓国からのツアー客のようだ。

その添乗員は、ちらっと中を見ただけでまたバスに戻っていった。なんとなく気になって目を離さないでいると、その女性はバスのトランクルームを開け、中からスーツケースを取り出した。

（土産物でも入れるつもりかな）

などとのんきに考えていると、添乗員はスーツケースを押して土産物屋とは別の方向へ向かった。

（えっ、なんで笠野さんのほうに行く……。いや、違う。あれは、岸井の乗ってきた軽トラ!?）

なんと、添乗員は自分が持ってきたスーツケースを荷台へ押し上げると、先に荷台に積んであった岸井のスーツケースを下ろした。そして、何食わぬ顔をしてバスのほうへ戻っていく。

（ちょっ、あれって泥棒、じゃないよね。運転席のおっちゃんとあいさつしてるってことは、顔なじみなんだ。えっ、だけどなんで韓国の添乗員と民宿のオーナーが知り合い？そんなことってある？）

スマホを見るふりをしてチラチラ見ていると、添乗員の女性は岸井のスーツケースを引っ張りながらバスに戻ってきた。よく見ると、岸井の持っていたスーツケースと添乗員の持っていたスーツケースはほとんど色も形も同じものだ。

（すり替えたんだ！）

軽トラに岸井が戻ってきた。運転手に声をかけられ、荷台の上のケースをロープで固定しなおしている。

一方、添乗員はケースを荷物入れには戻さず、なぜかバスの中へ持って入った。そしてすぐにまたバスを降り、今度は土産物を売っている店のほうへ歩いていく。

（ど、どっちを追えば。でも、いまブランド品の入ったブツはバスの中だ！）

こんなときに鏡はいったいなにをやっているのだ。わたしは人手が足りないことをもどかしく思いながら、とにかくモノを見失わないようにバスを観察し続けた。すると、バスから運転手が下りてきた。店の前の灰皿のあるスペースへ行く。どうやらたばこ休憩をするつもりらしい。

（ええい、見つかったらそのときはしらばっくれればいいや！）

わたしはそのとき完全にカンだけで動いていた。あの岸井が対馬のおばさんたち相手にコソコソ売っているだけだとは思えない。ただの釣り客というには来る日程が固定しすぎている。

（その理由が、あの韓国人の添乗員と会うためだったとしたら！）

韓国で売っている、韓国人名義のスマホを岸井が持っていて、それを使ってなにもかもやりとりしているならアシはつかない。それに、岸井が韓国からのツアーの日程に合わせて来島しているなら、ほかの釣り旅行と違って定期的に訪れている理由にもなる。

（彼女に会うためなんだ。きっと不倫相手。もしなんでもない相手ならこうまで不自然にニアミスはしない。おそらくツアーの韓国人に見られるのを添乗員が警戒してるんだ。だけど、絶対どこかで会っていたはず！）

昨日の夜だ、とわたしは確信した。わたしたちが対馬税務署にいる間に会ったのだ。そのときに荷物を交換しなかった理由は、もちろん地元の奥様方のための物品会を民宿で開くからである。

韓国人の添乗員は、ツアー客が自由行動をしている間に岸井に会う。おそらくはツアー客が泊まっているビジネスホテルで。その後二人は分かれて岸井は民宿に戻り、釣りを楽しむ。もしかしたらまた民宿に戻ってもう一泊するのかもしれない。だから、あの軽トラの運転手は根気よく岸井につきあっているのだ。

(鏡特官と相談している暇はない。とりあえずあとで合流できることを祈って、動くしかない!)

わたしは運転手が喫煙場所でほかの客と煙草を吸ってそっぽを向いているスキに、大胆にも開けっ放しになっているバスの昇降口から内部に侵入した。

(とりあえず、一番後ろに)

ツアー客がバスに乗っているとき、ざっと見たところ後ろ五列くらいは空いていたのだ。ペットボトルもないし前の網ポケットにゴミも入っていないから、一番後ろの席は客は使っていない。そう踏んだ。

うまくいけば、厳原の港で韓国行きのフェリーに乗り込む前に彼女を捕まえられる。あそこなら警備員も警察もいるし、彼女が暴れたら警察を呼んでしょっ引いてもらえばいい。

(そうだ。鏡特官に連絡!)

『いま、韓国人団体ツアーのバスに不法侵入中です。岸井のケースはこのバスの中にあります。絶対に電話をかけたりしないでください』

着信音が鳴らないように設定していると、わいわいと人の話す声が近づいてきた。団体客が戻ってきたのだ！

（うう、見つかりませんように！）

ぎゅっと縮こまって息をひそめていると、やがてマイクで声がかかった。韓国語だからなにを言っているのかわからないが、点呼をしてくださいと言っているらしい。客たちが次々に手を挙げて名前に応える。そうっと頭をずらして前を見た。間違いない。あの添乗員だ。

バスがゆっくりと動きはじめた。添乗員がなにか言っている。たぶん、みなさまおつかれさまでした、とかそういう感じだろう。バスはこのまま厳原の港に向かうはずだ。

鏡から、先に港へ向かっているとのメールが入った。取り押さえるための警備員等を手配していたらしく、それからすぐに、対馬税務署から応援が入ると連絡が来た。

（そっか、一瞬、休日なのにどうやって集めたのかと思ったけど、あの人たち官舎にまとまって住んでるんだもんな）

鏡に一網打尽にされてしまった関係者の皆様、ご愁傷様です。

これから十五分か二十分くらい走れば港に着くはずだ。そうすれば鏡と合流して、添乗員を捕まえる。彼女とブッさえ押さえれば、岸井とのつながりを暴くのはたやすい。

わたしは手やわきの下に汗をかきながら、ただただ見つからないように念じつづけた。

(なんだか、あの人ずっとしゃべってるな。まあ、添乗員てそんなものかもしれないけど、なんて言ってるんだろう)

身動きできないので、バスの中の様子はよくわからない。トイレは後ろにはなく、中ほどの二つ目の昇降口にあるタイプだったから、だれもここまで来ないはずだ。

(うん、トイレ?)

今時の観光バスだから、あたりまえのようにトイレがついているのだろうか。そういうものなのかもしれない。

(しかし遅いな。まだ着かないのかな)

完全に怪しい人間なので、とにかくバスを降りてしまいたい衝動でソワソワする。

(よく考えたら、この人たち韓国に帰るんだから、鏡特官といっしょに港で待ち構えていればよかったんだ。なのになんでバスに乗っちゃったんだろう)

あのときは、ただただ嫌な予感がしたのだ。添乗員が、あの大きくて重い百リットルのスーツケースを、わざわざバスの中に持ち込むなんてなにかある、意味があるに違いないという……

（そうだ。このまま港に向かうなら、なんのためにスーツケースを中に持ち込んだんだろう）

そのとき、スマホの画面がぽっと明るくなった。鏡からのメールだ。

『引き返す。厳原の港に韓国行きのフェリーはいない』

（えっ、どういうこと）

続いて二件目。

『韓国からの観光ツアーのバスは、すべて比田勝港へ向かうそうだ。岸井が港へ向かわなかったのでおかしいと思い問い合わせたら、署の人間が教えてくれた』

わたしは汗ばむ手でスマホを握り締めながら細かく震えた。

（えっ、ってことはつまり）

『おまえの乗っているバスは比田勝港へ向かっている。ここへは来ない』

（比田勝港って、たしかあの、すごい山道を二時間半かけて走った先にある対馬の北の端では!?）

入管の職員が毎日死ぬ思いをして通っている、あの最果ての国境線に向かっていると鏡は言う。もしそれが本当なら、このバスはあと二時間は止まらない。

（うそでしょ！）

あまりに予想外の出来事だった。わたしはスマートフォンを握り締めながら、一瞬己の今の状況を忘れて声を出しそうになり、あわてて飲み込んだ。

(厳原に入港したのに、比田勝から乗るなんて思ってもみなかった)

これからいったいどうすればいいのか、鏡に指示を仰ごうとしてメールを打ちかけたそのとき、

(えっ、いまなんていった?)

オークション、という言葉が、ガイドの話す韓国語に交じって聞こえた。

じっと耳をそばだてる。韓国語の部分はわからないが、あきらかにオークション、ブランドと言葉が混じっている。さらにはコーチ、シャネル、グッチ、ブルガリ、知っているブランド名が読み上げられている。

それが意味するところはいったいなにか。

(ブランドオークション! そうか、あの岸井の持ってきたトランクの中身は、バスの中でオークションにかけられているんだ!)

顔を出すわけにはいかないので、床にはいつくばってできる限り目立たないように前を見た。あの添乗員がグッチのロゴの入ったショルダーバッグを掲げてなにか話している。

すると、前方の女性から声がかかった。添乗員は彼女にバッグを渡す。女性が吟味してい

る間、今度はリュックを取り出した。エルメスのエールラインだ。これにはほうぼうから見せてほしいと手が上がった。

同様に、添乗員はコーチのショルダーバッグ、ヴィトンのニットキャップ、同じくヴィトンの大判ストールなどを取り出し、見たいという人に渡している。

あっという間にバスの中は中古ブランド品のオークション会場になった。だれも時間など気にしていない。添乗員がスーツケースから取り出す品物を、手品を見るような顔つきで真剣に待っている。

(二時間半は長い。だけど、この調子じゃあっという間だ)

なんてうまい商売を考えたものだろう。わたしは証拠の写真を撮るのも忘れて感心してしまった。岸井がネットで仕入れたブランド品を対馬まで手で運び、いくつか島内で直接捌いたあとは、すべてバスの中で売ってしまう。驚くほど売れていくから、きっと値段設定も相当安いところからスタートしているのだろう。

中古ブランド品を日本に買い付けに来るアジア人は多い。彼らが日本人の鑑定眼を信用しているのと同時に、彼らの商売する国のユーザーが日本人を信用しているからだ。偽物ではないとのお墨付きをもらったブランド品の多くは、あらゆる監視の目をかいくぐって海外に運ばれている。だから、入国管理局もブランド品の売買には目を光らせていて、あやしいものには躊躇なく関税をかけていく。

しかし、中古品を個々に持ちかえるならどうだろう。

比田勝には入国管理局があると聞いていたから、ブランド品がぎっしり詰まった百リットルもの大型スーツケースは、さすがに見とがめられるのではないかとわたしは考えたし、それは鏡も同意見だった。いったいどんな手で国外へ持ち出しているのか。密漁船なんてとんでもないことを彼が言い出したのも、それほど入国管理局の目は甘くないと知っているからだ。

だから、島内のリッチで買い物に不自由している奥様方に、百貨店の外商よろしくブランド品を運んでいるのではないかと考えた。そして、それは半分は当たっていたのだ。たしかに岸井は、島内でもブランド品を捌いていた。

しかし、こんなにも効率がいい売り捌き方があったとは!

(添乗員は二時間半のバス移動の中でキレイに在庫を掃かせてしまうのだろう。そうして、その場で現金を集め、持ち帰る。スーツケースに詰まったブランド品は不審だが、札束の詰まった財布は特に珍しくはない。ツアー客も退屈な二時間半を過ごさずに済む)

そうして、売り上げは岸井の持っているスマートフォンを通じておそらくは韓国通貨から日韓共通で使用できるネットコインやポイントに還元される。岸井はそのスマホを通じて売り上げをネット通貨で受け取り、それを国内で使う。だけど、スマートフォン自体が岸井名義ではないから、国税局がいくら彼を調査したところで、その使用履歴は紐づけされない。

つまり、韓国サイドからの調査が入らない限り、日本のやり方では半永久的に見つからないというわけだ。

（どうりで現金もカードも使った形跡がないし、メールのやりとりも見当たらないわけだわ）

まさか、韓国人の愛人がいて、月に一度対馬で逢引するついでにこんなふうに小銭稼ぎをしているとは、だれの想像の範疇をもはるかに超えている。

（だけど、これからこんなケースはもっともっと増えるに違いない。国をまたいで使われるネット通貨や通貨に代わるカード会社のポイントの取引にまで国税局はまだ手を伸ばせていない。もちろん、韓国国税庁との合同チームや勉強会もあるし、そのための税大のクラスもあるけど）

これが何億という大掛かりな脱税なら査察が動くだろう。だが、個人が手で持って運ぶ程度の売買をひとつひとつ監視できるほど、所轄の担当員の人数は多くない。岸井と添乗員の脱税も、たまたま、鏡とわたしが漁村までしぶとく追いかけ、こうしてバスに不法侵入したからこそ発覚したのだ。

これからは、新しい技術を使った脱税を大小かかわらず見逃さない監視方法、スキームが必要だ。

（そ、そうだ。ぼーっとしてないで、証拠。証拠を撮らないと）

しかし、メイドインジャパンのスマートフォンは、写真を撮ろうとすると痴漢防止策としてシャッター音が必ず鳴る仕様になっている。

（やはり動画しかないか！）

添乗員が声を張り上げ始めた。いまだとばかりに撮影を開始する。十分、十五分、オークションは順調に進んでいく。

（ああ、でも、そろそろ充電がヤバイ！）

悲しいかな、動画を撮るとすぐに電池がなくなるのがスマートフォンというものである。しかも、いったん録画を止めて鏡に送ろうとしたら、これが重すぎてなかなか送信できない。

（さすが山奥、４Gが死んでる!!）

この動画さえあれば、あとは比田勝に着いたときに入管で彼女を捕まえ、状況証拠をつきつければいいだけだ。入管には通訳もいるだろうし、この期《ご》に及んで言い逃れはできないだろう。

一番の問題は、そこに鏡がいないことだ。

（ああもう、肝心なときにいないとか！）

きっと鏡のことだから、タクシーか税務署関係者の車をぶっとばさせて後を追ってきているだろう。しかし、いまのところ彼が追い付いてくる気配はない。

『鏡特官、いまどこにいるんですか？　追いかけてきてくれていますか？』

ＬＩＮＥを送った。だが既読にはならない。

『岸井とすりかえたスーツケースには、やはり大量の中古ブランド品が入っていました。韓国人の添乗員がそれをバス内でオークションにかけ、大量のウォンが彼女に集まっている状態です。比田勝の入管で彼女を止めて、この動画とともにつきつければ言い逃れはできないと思います』

バス内で見たこと、岸井との関係や売り上げのやり取り方法なども送ったが、やはり既読はつかない。

（なにやってんのよ、あの人！）

まさか、自ら運転をしているのだろうか。しかし、さっきからだいぶひどい山道である。毎日のように往復しているバスの運転手や地元民ならさておき、鏡がハンドルを握って快調に飛ばせる道ではない。

それとも、だから追いついて来られないのだろうか。

だとしたら、比田勝の捕り物はわたし一人でやり遂げなければならないということになる。

(外国人相手に、なんてハードルの高い……)

思わずぐったりとうなだれた。不本意な姿勢を強いられているせいで体のあちこちが痛い。むろん頭も痛い。

腕時計を見ると、土産物店を出てからはや二時間が過ぎていた。グーグルマップに切り替える。青い点が北の端に近づいている。もうすぐ比田勝だ。

(もう、こうなったらやるしかない!)

スマホをモバイルバッテリーにつないだ。4Gが復活している。街に入ったのだ。即座に動画を鏡に送り付けた。

メールの返事はまだない。既読にもならない。それでも、いざというときに動画をだれかがもっていればいい。

(そうだ、念のためバックアップ代わりに木綿子さんにも送り付けておこう)

こういうとき、守秘義務範囲外にあたる同僚の存在は便利である。

五〇パーセントをきっていたバッテリーが、少しずつ回復しはじめた。ずっと途中でひっかかっていた動画の送信も上手くいったようである。鏡の既読は依然つかないままだが、もうこのさいトッカンなんてどうでもいい。

わたしが、この鈴宮深樹があの添乗員を捕まえるのだ。そして、日韓愛人共謀脱税事件をこの手で暴いてやる！

（ここまできて、しり込みなんかするものか！）

バスがゆっくりと速度を落とした。いったん停車し、駐車場らしき場所に入っていく。何度かバックを繰り返し、ついに止まった。アナウンスが入り、ツアー客たちは我先にとバスから降りていく。

（着いた！）

大きな音がしてバスの下の収納扉が開いたのがわかる。みながスーツケースを取り出している。運転手と添乗員も手伝っているようで、もうバスにはだれもいない。

このままここで待っているか、どうしようか迷った。しかしうかうかしていたら、ここまで添乗員が、ツアー客の忘れ物がないか確かめに来るかもしれない。

（いまのうちに出るほうがいい）

覚悟を決め、1・2・3でその場を離れた。背中をかがめた姿勢のまま一気に前まで進み、バスのドアが開いていることを確認して一瞬でステップを駆け降りる。そのまま振り返りもせずに埠頭を目指した。だれかに見られただろうか。だが、バスの中で見つかって拘束されるより、ここは入管に報告するのが先だ。

　正直二時間以上狭い場所に妙な格好で居続けたので、足も腰も痛かったがそんなことは言っていられなかった。

「すいません、入国管理局はどこですか！」

　警備員にあんただれ、という顔をされたので、慌てて身分証を見せ、かいつまんで事情を説明すると、いままでぼんやりしていた警備員の顔がさっと緊張の面持ちに変わった。こんな北の果てまで税務官が乗り込んでくるなどただごとではないと悟ったのだろう。すぐにわたしを事務所に連れて行ってくれた。

（韓国行きの船が停まってる。アナウンスによるとあと三十分！　出航時間までになんとかしなきゃ！）

　警備員に待たされること十分、入管職員の男性が出てきた。手短に挨拶をすませ、脱税事件に関与している人間がいるので、これから警察を呼び聴取したいという旨を説明する。

「えっ、ほんとうにそんなことがこの島で？」

　牧歌的な雰囲気にそぐわない大胆な手口を、入管職員もにわかには信じられなかったようだ。

「税務官の方が、その、ツアーバスに同乗してらしたんですか？　でも、それって……」

「はい、潜入捜査です」

「あの、でも」

「潜入捜査です」

職業柄、堂々としていることが大事であるのでまったく悪びれないわたし。

「おひとりですか」

「いえ、上司も対馬に来ていますが、捜査の途中ではぐれてしまって」

「うーん、じゃあ、どのツアーの添乗員か顔はわかりますか？」

「わかる、と思います。緑色の腕章をつけています」

「どのバスですか」

「あのえんじ色の……」

「ああ、じゃあどこのツアー会社かこちらで確認できます。少しお待ちください」

「ああっ、すいません、先に警察呼んでください。念のため！」

入管職員さんは突然の出来事にやや困惑しながら、比田勝港に駐在している港湾警察に電話をしに事務所に戻っていった。

わたしは警備員さんに動画を見せ、添乗員を指さした。

「この人です。この人がいたら絶対フェリーに乗りこませないようにしてください。わたしか警察を呼んでください！」

すぐには顔を覚えられないという警備員さんに、わたしの撮った添乗員の動画をさらに写メってもらった。それから入管の手荷物検査場へ移動する。

フェリーに乗る人間は全員ここを通過するはずだ。だったらここで張っていればあの添乗員を見逃すことはない。

「鈴宮さん、警察、すぐ来れるそうです」

入管職員さんが駆け寄ってきた。

「わかりました。わたしは上司に連絡したいので、ちょっとこの場を離れます。後はお願いします」

外に出ようとして、あっと思いついて立ち止まった。

「あと、韓国語、できる方おられます⁉」

わたしと警備員さんの視線が入管職員さんに突き刺さる。

「あの、細かい話になるとちょっと……」

「じゃ、通訳さんはおられます？」

「今日はツアー客が多い週末なんで、検査場に一人はついてます」

「じゃあ、お手数ですけど、その人に待機してもらってください。お願いします！」

すぐ来るといったものの警察は来ない。というか、肝心の上司も来ない。

（鏡特官、ほんと役に立たない！）

いちおう報告だけでもしようとメールを見た。すると、送ったメールが既読になっている。

（既読になってるじゃん！　なのになんで折り返してこないのよ！）

怒りのあまり電話をかけた。相手が運転中であろうがなんだろうが知ったことか。どうせ間に合わないなら車を止めて出ろ。そう思った。

5コールくらいして、なんと通話が繋がった。

「鏡特官！　いまどこにいるんですか!!」

「うるさい」

開口一番短くグサリとやられたが、それよりも気になるのはスピーカーの向こうから聞こえてくるものすごい轟音だった。ゴゴゴゴゴとババババが混じったような騒音だ。

「うるさいのはそっちですよ。いったいどこにいるんですか。タクシーでこっちに向かってるんじゃないんですか!?　わたしなんて独りでバスに潜入して、いま入管で例の添乗員を確保する準備までしてるんですよ。なのに」

「うるさい」

「うるさいのはどっちですか！　なんの音ですかそれ!!」

「もうすぐ着く」

「は!?」

「比田勝港にいるんだろう。もうすぐ着く。捕り物には間に合わせるからギャーギャー騒ぐな」

「はあ!?!?」

もうすぐ着くって、あれからどんなに高速で山道をかっ飛ばしてきても、厳原の港で待機していた鏡がそのあとすぐに追ったとしても四十分近く差はあったはずだ。

「すぐって、どこから来るんですか！　まさか海上自衛隊にヘリでも飛ばしてもらったんじゃ……」

そのとき、スマートフォンのスピーカーから鏡とは別の男の声がした。

「ヒュウウウウ!!　着いたぞおおおお、比田勝だあああああ!!」

「…………」

思わず黙り込む。

（まさか、この声……）

わたしは周りを見た。バスの止まっている駐車場のほうを見、フェリー乗り場のフロアを見、そして窓から建物の外を、海を見た。

（うそでしょ）

わたしの目が幻覚を見ているのでなければ、

（……海の向こうが、ひ、光ってる!!）

もうとっくに昼間のはずなのに、水平線の向こうからいつか見た後光が差している。そしてその周りに散る水しぶき、激しいモーター音とくればもうアレしかない。

「ゴールドフィンガー!!」

民宿「かさの」が誇る世界一速い密漁船実況船。天下のY工業製、今年も世界一のシガレット。笠野の御主人によって金色に塗装された巨大なイカのごときその姿は、みるみるうちに海を割り、この比田勝の港目指してかっ飛ばしてくる。

そしてその黄金のイカに乗っているのは、まぎれもなくわが上司。

（か、鏡特官がゴールドフィンガーに乗ってる!!）

しかも仁王立ちだ。

（まさか、あのあと連絡がつかなかったのって……）

おそらくあの猛突進してくるボートに乗っているのが本当に鏡ならば、彼は厳原からすぐに笠野氏に連絡し、ゴールドフィンガーを貸してもらえないか交渉したに違いない。いまからどれだけ車で比田勝に向かっても距離を縮めることは難しいが、七〇ノットで大浦から比田勝まで向かえばすぐだ。

そして、こんなおもしろそうな捕り物に、対馬の007を名乗る笠野さんが協力してくれないわけがない。

「鈴宮さん、もうすぐ乗船時間ですが、上司の方とは連絡がつきましたか？」

入管職員さんが通訳らしい男性を連れてやってきた。

「……もうすぐ着くそうです」

「そうですか。よかった。しかし、厳原からよく間に合いましたね」

「ボートで来ました」

「は？」

「あそこに」

指さした先には黄金のイカ。布袋さんとハスキーを乗せ常世ならぬ厳原からやってきた恐るべき奴ら。

「あれ、なんですか」

「のどぐろ長者とうちのトッカンです」

一瞬にして彼らは、対馬の伝説になったのである。

＊＊＊

たった数日前の出来事なのに、夢かな？　と思ってしまう。

「だって、言葉にするとあまりにも現実味がないんだもん」

わたしは使い慣れた京橋中央署のデスクに突っ伏して、書いても書いても終わらない報告書の作成に頭を悩ませていた。

「なになに『ツアーバス内にて手持ちした中古ブランド品のオークションを行い、売買し、利益を得ていた。その様子は担当徴収官がバス内に秘密裏に潜入した上、動画で記録。該当の動画は提出済である。共犯であるツアーコンダクターこと、リュウ・ソミン（43）は比田勝港にて拘束後事情を聴き、同日中に同上のことを認める供述をしている――』すごいわねこれ、突然の国境を股に掛けた捕り物じゃない！」

「股に掛ける気なんてさらさらなかったんですけどね……」

外回りから帰ってきた木綿子さんが、わたしの書きかけの報告書を覗き込んで、信じられないと言った。

「あと、ここよ。ここ。オークションのシーンは、ぐーちゃんが動画を送ってきてくれたから確認できたけど、ここ。ちょっとぜんぜん想像つかないんだけど」

「鏡特官が黄金のイカに乗って水平線に現れたところですか」

「そう。操縦してたのが」

「イカのオーナーの布袋さん」

「ぐーちゃんが言ってた対馬ののどぐろ長者よね。そして金に飽かせて買ったのがこの」

「ゴールドフィンガー」

「さすがにパワーワードが過ぎるんじゃないの？」

「でも、ぜんぶほんとうのことなんですよ」

わたしだって仕事の報告書だからできるだけ堅苦しく書こうと努力しているのだ。しかし、のどぐろ長者もゴールドフィンガーも事実なのだから仕方がない。

「で、この岸井って男はどうなったの」

「そっちの捕り物は対馬署に任せました。のんきに海釣りに出て、帰ってきたところを捕獲です」

「網ならぬお縄にかかったわけね」

「そう、まさに」

木綿子さん、上手い。

「最初はうだうだ言ってたんですが、そこは対馬署のメンバーががつっとやってくれて。幸い笠野さんが、奥さんが隣の宿のオークションに出入りすることを嫌がっていたので、あっさり情報提供してくれまして。岸井が泊まっていた民宿のオーナーは、岸井が脱税してるって知らなかったとのことで、まあ無罪放免ですよね。ただ、まきこまれたくなかったのか岸井の不倫相手のこともすすんで証言してくれたので、岸井がゲロするのもわりと早かったようです」

「韓国人のガイドはどうなったの？　勾留できるものなの？」

「それが、福岡局に韓国国税から出向で来てた人がいまして、さすが韓国と近い福岡ですよね。いまは福岡局の預かりになってるはずです」

「あらまあ、大事《おおごと》」

木綿子さんがばりっとサンドイッチの封を開けた。今日はお客さんがいないのでつい立ての内側でこそこそお昼ができる日だ。

「結局のところ、派手に脱税してたんで、いったん課税に回して再調査ってことになったんですが、報酬の受け取り方が韓国を経由してのものだったので国際調査課が入るらしくて、それで結局本店さんがひきとるそうです」

「あらら—。じゃあこれ、鏡特官の案件じゃなくなるってこと？」

せっかく手こずった難題を華麗に解決して今までのあれやこれやのマイナスイメージを払しょくしようと、はるばる対馬まで出かけて行った鏡（とわたし）だったが、身を張って手口を暴いたにもかかわらず、最後の最後はオエライさんにもっていかれるという、まさに骨折り損のくたびれ儲けだったわけなのだが、

「それが、鏡特官本人がすごいことになってまして」

「あら、どんな」

「ユーチューバーののどぐろ長者が捕り物を録画してたらしくて、それがあっという間に拡散されて、韓国でも日本でも大騒ぎになってて……」

特に、岸井の手口が巧妙だったこと、二人が不倫関係だったことなどから、主に韓国サイドの報道が熱を帯び、相手の女性は連日ワイドショーで取り上げられ、韓国のマスコミが岸井の店や仙台の岸井の娘の家にまで押し掛ける事態にまで発展した。

「じゃあ鏡さんがいないのって、謹慎なの？」

「あまりにも顔が有名になってしまったのと、その、ゴールドフィンガーに乗って登場したインパクトがすごすぎて」

二人して、コクリ、とうなずきあう。

「たしかにすごいわよね。黄金のイカに乗ってる鏡さんとか、常人の想像力ぶっちぎってるもの」

「何度見ても合成にしか見えないんですけど、合成じゃないんですよねあれ」

逆に、捕り物を録画してユーチューブにアップしたのどぐろ長者の笠野さんは、あっという間に自分のサイトのPV記録を塗り替えた。噂では北九州放送やネットテレビのインタビューで、鏡の捕り物がいかにスリリングで自分はそれに助力したか、国税局は感謝状の一枚くらい寄越すべきだと声高に主張していた。

なぜ知っているかというと、よせばいいのに、ちょっと怖いモノみたさでサーチしてみたのである。すると、わたしたちがフィルムコミッションだと偽って民宿に泊まりこみ、岸井を張っていたことなどをしたり顔で話す笠野さんが出ていて、そっとブラウザを閉じた。

「それで、当の007は？」

「さあ。いまごろ自転車にでも乗ってるんじゃないですか？」

ホワイトボードには、鏡・年休消化とだけある。いつものことである。

「まあ、そうなるよね」

「そうなりますよね」

鏡が出張に次ぐ出張で年休を貯めまくり、大事件のあとに上からきつく言われて謹慎同然の年休消化をするところを、ここ三年ずっと見てきたわたしである。とくに驚きはしない。

驚きはしないが、いつもこうなると事件の顛末を報告する書類を作るのはわたしの仕事になる。鏡の周辺には、狙ったように殺人事件だったり裁判を起こされたりと派手な事件が多いので、それに巻き込まれるわたしのとばっちりたるや。

(あー、もう、言葉がでてこない。いろいろあったはずなのに、あの黄金のイカしか思い出せない!!)

イカといえば、この仕事が終わったらいつかプライベートで対馬に再上陸して、今度こそ思いっきり魚介を楽しみたいと思っていたのだ。しかし、無残にもその夢は露と消えた。いまではわたしは、平穏だった対馬にニュースと災いをもたらした国税のスパイ。そして韓国からの観光客に期待をかけている島の経済を無駄にひっかきまわした完全なる厄介者である。当分、対馬には近寄れそうもない。

ああ、それにつけてもあの朝、生け簀から上がってきたばかりのイカの甘さ。しっとりと口の中に広がるのどぐろの出汁のまろやかさ。なんでもない日にただ食べるのがもったいないほど立派な伊勢エビ（日によっては普通にコンビニレベルのスーパーで売られている、謎の島対馬）。対馬で食べた海の幸は、どれもこれも、瀬戸内で育ったわたしには堪えられない僥倖であったのだ。

なのに。ああなにゆえにこんなことになった。

（せめて、あのジェットボートの捕り物さえなければ……。イカが憎い）

木綿子さんのお昼のたまごサンドの匂いを嗅ぎながら、わたしは洋画に出てくるマフィアのボスが葉巻をくわえるようにカロリーメイトを口にした。そして、東京の品川で食べたら、対馬の三倍以上するんだよ、と言われたのどぐろのことを思い出した。ああのどぐろよのどぐろよ、お前はあの日たしかに生け簀にうようよいたというのに、品川だと幻の高級魚として一匹九千円もするのか。

「あー、刺身食べたい！」

結局、都会にいる限りストレスを解消するには食べるしかないのだ。騒動に巻き込まれたわたしが結局事務処理に追われて残業し、コトを大きくした本人は優雅に休暇とは本当に納得がいかない。

「もういっかいのどぐろ食べたい！」

対馬は恋し、されど対馬は遠し。

今日も今日とて、しがない平社員は残業である。

徴収官のシャランラ

天下の嫌われ者、税務署の徴収官といえども、休日はそのへんにいるただのアラサー女子である。

どれくらいありふれているかというと、金曜日の晩は週末ということで浮かれ、やたらはりきってお買い物に行こうと決心するのに、土曜日は目覚ましが何度鳴ってもふとんに別れを切り出せず、そのうち使命を忠実に実行しているだけのなんの罪もない目覚ましに真剣に腹を立て、憎悪し、攻撃するくらいには。

「このぉー、うるさああああいって言ってるでしょー！」

このとき、目覚ましに向けられた憎しみは我ながらすさまじい。ほとんど寝とぼけているので、世間体とか、女子度とか、いい歳をした社会人でいるためにいつも無理矢理着込んでいる化けの皮もどこへやらである。

　ガシャン！

　何度かの断末魔のあと、今年になってとうとう三個目の目覚ましが息絶えた。

　その沈黙に安心するかのように、再びわたしは眠りに落ちる。しかし、目覚めは最悪だ。たいていは昼前まで二度寝したあと、なぜこうなったのかを思い出すからである。

「あー、ヤバイ……」

　貞子のようにずるずると匍匐《ほふく》前進して、そこにあるはずの目覚ましを探す。ない。自分がいまさっき投げたのだから当たり前だ。

「まずい……」

　やっとの思いでふとんから抜けだし、テレビの置いてあるチェストと、バスルームの扉の間すれすれの壁にぶつかって息絶えている三代目と対面した。

「おおおおおー、またやっちゃった！」

　ああ、わたしよ酷い。寝とぼけたわたし、本当に酷い。いつもわたしを正しい時間に起床させ、遅刻しないように働いてくれていた目覚まし様になんという仕打ちをするのか。

　しかし、何事も後悔先に立たずである。

「ヤバイ。これがないとヤバイ。まじでヤバイ」

同じくらいにヤバイ寝起きの頭と顔を放置したまま、とりあえずうろうろとスマートフォンを探す。寝起きが悪すぎるわたしは、いつも保険にいくつか目覚ましをかけている。ひとつが大ボリュームのこの目覚ましで、もうひとつが百均で買った小さなもの。もうひとつがスマートフォンである。

この週末中に新たに仕入れなければ、月曜日のわたしはスマホを投げているかもしれない。恐ろしい。

幸いなことにスマホ様はご無事だった。現在の時刻は十一時二十分。昨日わたしが脳内で勝手に立てた計画通りなら、今頃は銀座で（ほぼ見るだけの）お買い物を楽しんだあと、青山あたりでちょっと贅沢なランチをしているはずだったのに。

「仕方がない。また目覚まし買いにいくか」

目覚まし時計は律儀に七時半を指したまま息絶えていた。九八〇円で仕入れた目覚まし時計の寿命はわずか二ヶ月だった。このままではスマホ様の命が危ない。

深く反省する。

ほんとうにごめんなさい。どうか安らかにお眠りください。

＊＊＊

　去年の冬にも着た膝丈のリバティ柄のスカートにトレンチコート、スタッズとビーズのついたシンプルなストール。もう五年は履いている焦げ茶色のロングブーツ。ちょっとお洒落でよそ行きのために買った服は、普段は見事なまでに出番がない。

　家のクローゼットには、黒・紺・茶のジャケット。同色のパンツ。ほとんどヒールのない幅広のローファー。つまり仕事用の服ばかりなのだ。

「ああー、なんかカワイイ服欲しいなあ」

　そう、ジルの白ミニスカートにシャーベット色のパフスリーブトップスなんてどうだろう。カワイイ。春夏だろって言われても、最近は季節感なんてどこ吹く風で、秋でも冬でもパステルカラーはマストだ。

「お洒落っていうのは、つまり季節感に逆らうことだわね」

　と、さらりと至言をのたまったのは、もちろんわが京橋中央署徴収課の至言メーカーこと木綿子さんである。彼女はいついかなるときも出動時は八センチ以下のヒールを履かないし、髪もおろそかにしない。特に気合いを入れて銀座に指導に向かうときは、髪をきゅっと夜会巻きにし、シンデレラの靴もかくやといわんばかりの細いパンプスを履いてご出動あそばす。その姿を見るたびに、春路が、

「シャランラ、って聞こえてきそうですよね」

　というのがよくわかる。

　いつもの葬式女スーツを脱ぎ捨てて、ヒールのほとんどないドタ靴もうっちゃって、パステルカラーのミニスカート、シフォンのオフホワイト・パフスリーブ。いま流行のドット柄だっていい。

　わたしの好きな女の子カラー。急げ、急げ。だってシャーベットカラーに大きめのドットなんて、二十代のうちしか着られない。エナメルのテッカテカのバレエパンプスも、甘めのリボンもジル・スチュアートのサーモンピンクのチークも。

　徴収官スーツばかり買っている場合じゃない。

　シャランラできるのは、いまのうちだ。


「あー、わたしもシャランラしたい」

　リニューアルされてピカピカになった東京大丸の女子トイレで一息いれつつ、わたしは天を仰いだ。

　若い頃はどうして紙袋をたくさん持ったおばあさんたちがトイレの前のベンチによく座っているのかわからなかったが、最近はわかってしまう。腰だ、脚だ、肉体がギブアップするのだ心より早く。

「ダメだ。季節感に逆行したシャーベットカラーを買いにきて、トイレで座ってるなんてダメすぎる」

しかも当初の目的である、ぶつけても壊れない目覚まし探しはどこへいったんだろう。すっかり忘れていた。最近のわたしの記憶力、本当にひどい。公務員試験に通ったとはとても思えない。

一時間ほどかけていろいろ見て回ったが、これだと思うような服はみつからなかった。どうしても仕事で着られるかどうかを考えてしまうし、これから上にコートを羽織ることを考えるとあまり分厚いニットやドルマンスリーブもどうかと思う。

そうして、だんだんと時間がたつにつれて、はじめにあったウキウキ感はどこへやら、疲労感だけが足に蓄積していって、もういいか、ネットで探そう、そのほうが安いし……となるのだ。いつものように。

「本当にダメすぎる」

せめてなにか買って帰りたかった。はるばる東京駅まで出てきて戦利品がなにもないのでは悲しすぎる。

「……あ、そうだ目覚ましだ」

（そもそも、わたしは目覚ましを買いにきたんじゃないか。百貨店に売ってる目覚ましなら、きっと丈夫だよね。わたしの攻撃にも耐えるよね）

時々、軍用や飛行機の装甲板等、車などに使われる素材を利用したもので、やたら強度を誇っている商品があるが、目覚ましにだって自衛隊御用達のものがあってもいいと思う。ぜひとも売ってほしい。

（戦車に踏みつぶされてもなんともない目覚ましとか、売ってないかな）

百貨店に過剰すぎる期待をしつつ、エスカレーターで上へ向かった。紳士服売り場を通り過ぎるとき、メンズフロアなのになぜか若い女子がたくさんいることに驚いた。そうだ。やたら周りが緑と赤でコーディネートされていると思った。もうあと一ヶ月もすればクリスマスなのだ。

（ああ、そっか。みんな彼氏へのプレゼントを買いに来てるのか）

最後に恋人と呼べる相手にプレゼントを買ったのはいつだっただろう。キリストが生まれる前のことのような気がする。

「いいもん。クリスマスはケーキを食べる日だもん。夕食を抜いてホールでケーキを食べてもいい日なんだもん」

エスカレーター脇のフロア表示に、無意識に生菓子の文字を探していた。そう。せっかくデパートに来たんだから、帰りはデパ地下でおいしいお総菜とケーキを買って帰ろう。そうしよう。

（ケーキ、ケーキ。おいしいケーキ。リニューアルした東京大丸にはどんなお店が入っているんだっけかなー）

今日はまだクリスマスでないし、そもそも目覚ましを買いにデパートへ来たのだったが、もうこのさい理由なんてどうでもいい。

完全にケーキに意識をもっていかれたわたしは、戦車にも耐えうる自衛隊御用達目覚ましを求めてエスカレーターに乗ったことも忘れかけていた。もちろんこうなると、シャーベットカラーで季節に逆行したお洒落なアイテムなど、頭の片隅にも残っていない。いくら美容室で最新のファッション誌を読んでも、女子力などというものが身に付かないゆえんである。

所詮、私にシャランラなど無理だ。しがないヒラ徴収官のわたしにはシャランラよりスイーツ。シャーベットカラーより本物のシャーベットのほうがずっといい。

時計が置いてあるというフロアでエスカレーターを降りる。目の前は子供服が展開されていて、時計や宝飾品はこの奥のようだった。布っきれのような小さな小さなベビー服が、大人の服と変わらない値段で売っていることに驚く。

「そういえば銀杏《ぎんなん》さんとこ、お子さんできたって言ってたなあ」

銀杏健太《けんた》さんは特官課の特官付きで、わたしのような特例ペーペーとは違ってれっきとした係長待遇のベテラン徴収官である。ご結婚されたのが遅くて、四十四歳でまだぴっかぴかの新婚さんだ。

特官課には鏡の他に三人の特官がいて、それぞれ付き補佐も三人いる。銀杏さんは金城《きんじょう》さんという特官に付いている補佐で、名前から金さん銀さんと呼ばれることが多い。そういえば銀さんのとこの出産祝い用にお金を渡してないなあ、とぼんやり思い出した。

(あれ、でもそういえば御祝いの幹事役ってだれだっけ)

私でも知っている子供服のブランドショップの横をトボトボ歩いていく。ずいぶん背の高い男の人がベビー服を見ているなあ。珍しいなあ、こんなフロアにパパ一人なんて、などとつらつらと考えていた思考が、急停止した。

「えっ」

こういうとき、どうして足は止まってしまうのだろう。目は律儀にその人のほうを見てしまうのだろう。

はじめは、だれだかわからなかった。だってドレープのきいたネイビーグレーの細身トップスにスエードのライダースジャケット、皺の寄らないストレッチパンツ、クロコのショートブーツなんて格好は普段は絶対見ることなんてなかっただろうから。

「鏡特官⁉」

口にしてから、しまったと思った。今日はオフで、しかもここは百貨店だ。役職名で呼ぶべきではない。

「うわ、あわわ、ちがった、鏡さん……」

鏡のほうも、見てはいけないものを見てしまったとでもいうように、ベビー服を手にしたまま硬直している。

そのまま
さよーならと通り過ぎればよかったのに、呼んでしまった以上なにかリアクションを続けなくてはならなくなった。

「……あの、あの、鏡さんここでなにしてるんですか」

「買い物だが」

鏡は呻《うめ》いた。なぜかひどく苦しそうだった。

「え、ここベビー服ですよ⁉」

「だからなんだ」

鏡はいつもの空腹なハスキー犬そのものの顔をして、わたしをじろりと一瞥した。

「お前が百貨店にいるより珍しくはない」

「えっまさか、鏡さん、百貨店で買い物なんてするんですか⁉」

「お前と同レベルで他人の経済感覚を判断するな」

そりゃ、本気で今日の鏡とわたしのトータルコーディネート代を比べたら一桁違ってくるかもしれないのだが。

「銀杏さんのところの出産祝いを買いにきただけだ」

「ああ、あのじゃんけん、結局鏡さんが負けたんですね」

先日、特官課でミーティングがあった際、だれがお祝いを買いに行くかをじゃんけんで決めたのだ。わたしは一抜けしてすぐに営業（納税指導のための外回り）に出てしまったため、だれが幹事になったのかは知らないままだった。

「そうだ。いいところで会った。ぐー子、二千円」

あっさり徴収された。しぶしぶ財布を開いて払う。

「びっくりしましたよ。こんなところで鏡さんに会うとは思ってもみませんでした。それもまさかのベビー服フロア」

「俺もお前が百貨店で買い物をしようと思うほどナントカ力があるとは失念していた」

「あっ、ありますよ、それくらい！」

「どうせ勢い込んで来たはいいが、あれこれ見て回るだけで体力を使い果たし、もうデパ地下でスイーツだけ買って帰ろう、とかなるのが関の山だろうと思うがな」

「…………」

どうしてこの男はわたしという人間をここまで正確にシミュレーションできるのだろう。

「わたしだっていちおう若者ですからね。シャーベットカラーのアイテムを買いにきたんです。流行ってますから！」

「やはりデパ地下か」

「違います！　アイスのことじゃありません」

「下りのエスカレーターはあっちだぞ」

「違いますって。今日はミニスカートを買うんですっ！」

「ミニ？」

心底ばかにした目線で鏡は上からゆっくりとわたしを見下し、

「ミニ？」

もう一度聞いた。

「ミニですっ」

「ふーん」

「なんですかっ、なんか文句あるんですかっ」

「別に。オフにお前がどこでなにを買おうと俺の知ったことじゃない」

「じゃあミニスカート買いますよ」

「好きにしろ」

「買っちゃいますからね！」

「どうぞ」

「いいんですね！」

「むしろ買え！」

まさに売り言葉に買い言葉。

しん、と急に会話がとぎれた。我に返ったとも言う。おかしい。わたしはさっきからこんなベビー服売り場で職場の上司となにを話してるんだろう。……ミニ、スカート？

(むしろ買えって？)

鏡がわざとらしい咳払いをした。

「お前、本当はなにしに来たんだ？」

「え、えーっと。たしか自衛隊の時計を」

「自衛隊？」

「じゃ、ないです。えっと、シャランラが」

「はあ？」

鏡はわけがわからないという顔をしたが、残念ながらわたしも自分でなにを言っているのかわからない。

「えーっと、つまり今朝目覚ましが壊れてですね……」

言いながら、思わず頭の上から足先までじろじろとながめてしまった。スーツ姿しか見たことがなかったせいで、私服の鏡はものめずらしい。

「なんだ、じろじろ見るな」

「だって、鏡さんのそんな格好初めてですもん。鏡特官でも私服持ってたんですね。あの自転車用のぴっちぴちのウェアしかないと思ってました」

「お前、俺をなんだと……」

「あ、でも前に一回見ましたよね、鏡特官の私服姿」

わたしたちが話しているのを、ベビー服を検討しているのだと勘違いしたショップの店員さんがにこにこしながらこちらに近づいてくる。

「ない。仕事以外でお前に会ったことなんかない」

「違いますよ。この前鏡さんの家に行ったときです」

「家⁉　お前が俺の家⁉」

「ほら、あの時パジャマだったじゃないですか、真っ白の」

なぜか、鏡はすごんだ顔のまま、水面の魚のように口をぱくぱくさせる。あの事件。鏡が薬を服《の》み過ぎて無断欠勤し、わたしが彼の家まで生存確認をしに行った——

よっぽど思い出したくないのだろうか。彼はやや青ざめて私をにらみつけた。

「もういい、お前黙れ」

「パジャマっていってもジャージだから、あれも私服ですよね」

「うるさい」

「あっ、そういえば鏡特官、ロードやってるってことは普段からパンツもヒモパン……」

「鈴宮!」

はっ、と気づいた。いつのまにか店員さんがすぐ側にいる。

(えーっと、もしかしていまの、ぜんぶ聞かれてた……とか……?)

なにかあらぬ誤解をされていないだろうかと心配になったとき、いままで完璧な営業スマイルでこちらを見ていた店員さんが、控えめに口を開いた。

「なにかお探しでしょうか」

ああ、そうだった。わたしたち(というか鏡特官)は、ここで出産祝いを選んでいたのだった。肝心なことを店員さんの一言で思い出す。

どのみちここでお祝いのベビー服を買ってしまわなければ、と思ったその時だった。

店員さんが爆弾発言をした。

「ところで、お子様は男の子ですか、女の子？」

（うん？）

なにを誤解されているか正確に把握したあと、わたしたちはほぼ同時に叫んだ。


「「違ーぅ!!」」


——週明け、なんとか百均の補助目覚ましと携帯の二重奏で遅刻を免れた。

むろん、わたしと夫婦に間違われた上司の機嫌は想定通りすこぶる悪く、なにかというと「シャーベットカラーのミニスカートは買ったのか」とセクハラ嫌味攻撃にさらされたことはいうまでもない。わたしにヒモパン愛用者呼ばわりされたことがよほど気に入らなかったらしい。

いつもの黒ジャケット、黒のパンツという変わり映えしない上下にため息しながら、わたしはトイレの鏡を覗き込む。

「ああ、シャランラは遠いなあ」

今日はせめて、コンビニでケーキを買って帰ろう。

招かれざる客と書いて本屋《ほんや》敷真《しきま》事《こと》と読む

休日の朝パンを焼くと、必ずといっていいほど現れる男がいる。

『あ、チカ？　イーエッス。オ、レ、でーす』

「…………」

まだ午前六時。同じマンションの住人はゴミ出しさえしていない時間である。そのマンション入り口にあるインターホンカメラにこれ以上ないほどアップの顔を映し出して、その男、本屋敷真事《ほんやしきまこと》は鏡雅愛に向かって懇願した。

『よかったあああ、さすがチカちゃん起きてた。オレの友達で土曜日の朝六時にドアホン鳴らして出てきてくれるようなまっとうな人間、ほかにいないいんだよね』

「帰れ」

こんなときは、ごくごく正直な本音を返すのがベストだ。しかし残念なことに、相手が日本語の通じない宇宙人だとどんな対策もたいていは無駄である。

『持つべきモノは規則正しい公務員の友だよー』

「帰れ、真事」

『ね、ね、オレ四十八時間完徹の上、何にも食べてないの』

「コンビニへ行け」

『お腹空いたから蒜山《ひるぜん》のジャージー牛乳で入れたカプチーノとクロワッサン。たまごは目玉焼きでブラックペッパーかけて用意して。あ、サラダはバルサミコ酢だけでいいから──』

ブツッ。

口が拒絶の言葉を語る前に、指が行動で示していた。まったく、なんであの男は健やかな晩秋の、もっとも自転車で走りやすい季節の朝にまで転がり込んでこようとするのか。

いま見たものを全て脳内から消去するため、鏡は足早にキッチンに戻った。先ほど焼き上がったばかりのパンの様子を見るためだ。

「よし」

良い具合にパンが焼けている。もっともオーブンを使った本格的なものではなく、昨日の残りご飯とマーガリンをぶっ込んでできあがる文明の利器を使用した、米粉パンだ。

休みの日はパンを焼くことが多い。パンがそれほど好きなわけではないが、米よりも弁当を作りやすい。一人で走りに出る日はどこへ向かうか自分でもわからないため、弁当持参は必須だ。ルイボスティとコーヒーを別々の水筒に入れ、リュックの中に放り込んだところで悪夢のチャイムが鳴った。

『うわあああん、チカちゃあああああん。あーそーぼっ、ていうか、いーれーてっ』

……あの男、どうやって玄関のセキュリティを突破したのか。

玄関口でわめかれても迷惑なだけなのでしぶしぶドアを開けた。どう考えても色を抜いて作った金髪が目の前に現れる。続いて、四十八時間完徹したわりには元気そうな声。

「こんちわーおはよー。悪いねチカ、ゴハン食べさせて。まだどっこもモーニング開いてないのよ」

あくびをかみ殺しながら、ずかずかと部屋の中に進入する。空調が効いていたからか、グレーのブルゾンを脱ぐと、いきなりキッチンの物色を始めた。

「おい」

同い年の彼だが、こうして見るとそこらへんの大学生かフリーターが迷い込んできたようにしか見えない。

思えば子供のころから、真事はちょっと変わっていた。常識とかルールとか世間体とか、そういうものからとことん自由で、自分勝手をしているわりには周囲から好かれているのが鏡には羨ましくもあり不思議だった。

いつも雲の上を歩いているような不安定さと自由がこの男にはある。

「家はどうした。お前の巣は」

「んー。後輩芸人が鍵持って出たっきり戻って来なくてさあ。困った困った」

家主が閉め出されたというわけである。もっとも、真事の家が金と寝る場所に困った芸人の寄り合い所のようになっているのは今にはじまったことではない。

「仮にも弁護士の事務所がそんなセキュリティでいいのか」

「あ、いーのいーの。オレの仕事、書類残さないから」

と、めざとく焼きたてのパンを見つけた真事が言った。彼の仕事は弁護士だが、それは事務所に入ったり個人で依頼人を持ったりする、いわゆる一般に知られた弁護士業とは事情が異なる。

鏡自身もあまりくわしくは知らないが、てっとりばやく言うと本屋敷真事は芸能界専門のトラブルバスターらしい。彼曰く、芸能界には口約束や義理人情といった古い慣習が当然のように横行しているため、この業界のことをよく理解している専門の問題解決屋という存在が不可欠とのこと。

栃木屈指の進学校を次席で卒業しながら、なにを思ったかセンター試験に出かけたその足で上京し、なぜかお笑い芸人の専門学校に入ってしまった男。……そこから芸人としての下積みの傍ら、半年で六本木ホスト部のナンバーワンヘルプになり、店を持たせてやるというひっきりなしの誘いも蹴って芸能界入り。若手のころはジョゼという芸名で、相方をとっかえひっかえする魔性の芸人として、ちょっとは世間に知られた存在だった。

そんな真事が芸人を辞めて司法試験を受け、弁護士になったのには理由がある。

コンビを組んでいた相方が、死んだのだ。

当時、警察は自殺と断定したが、もちろん真事は信じていない。いつだったか、めったに酔わない真事が日付が変わってから今のようにへろへろになって転がり込んできて、うわごとと混じりに語ったことしか、鏡は知らなかった。

『和寿《かずとし》が自殺なんてするわけがない。殺されたんだよ』

以来、東京のスモッグの下をドブネズミのようにかけずり回りながら、いまもずっと犯人を捜している。おそらくは芸能界の闇に葬られた真実を暴くために、あの世界にかじりついて。

（たしか、相羽《あいば》和寿とか言ったか。前にあの人形町のボロアパートに住んでいた。真事はそこを引き払わずに、代わりにずっと住み続けて……)

今、鏡の家のソファに無言のダイブをかましている男は、相方が首に結んだロープをひっかけていたドアノブを毎日回して、部屋を出てくるのだ。

「チカ、このコーヒー飲んでいい?」

「触るな。淹れてやる」

直火式エスプレッソメーカーの使い方を知っている人間はまれだ。まだ熱いうちに無用に触ってやけどする怖れもあった。

クリーマーでミルクを泡立ててカプチーノにしてやると、真事は目尻を下げながら実にうまそうに飲んだ。

「ああー、やっぱりここに来て正解」

「輝秋《てるあき》のところに行け、今度から」

「アッキーは新婚でしょ」

「その肝心の嫁は戦場なんだろうが」

いつも真事とつるんでいる里見《さとみ》輝秋は、和製メン・イン・ブラックのようにガタイのいい男だ。一見ヤクザだが、正真正銘財務省の官僚である。

「ああ、うん。嫁さん、今はリビアにいるって言ってたかなあ。そうそう聞いて、おっかしいの。アッキーと奥さんとの出会い」

「出会い？」

「アッキーがNYのモットストリートで足をくじいて歩けなくなったおばあさんを助けようとしたんだけど、人相が悪かったんで泣き叫ばれたんだって。で、通りすがりの奥さんもアッキーがおばあさんに難癖つけてるマフィアに見えたらしくて、アッキーを警察に突きだしたらしいよ」

「…………」

顛末が目に見えるようで、鏡は黙ってコーヒーを飲んだ。

「チャイナタウンなんかで輝秋はなにをしてたんだ？」

「なんか、ういろう買いに来てたんだって。中国版のういろう。おいしいらしいよ？」

「知るか」

「ねね、チカちゃんこのパン、食べていい？　なんかいつ来てもこの家すごいね。ベーカリーまで揃えちゃって」

米で焼ける家庭用ベーカリーは、自分で買ったのではなく、家に帰れば業務用オーブンで本格的なドイツパンを焼く副署長《サブ》の阿久津《あくつ》から貰ったものだが（なにかの景品で当てたらしい)、面倒くさいのでそこまで説明はしない。

オーブントースターがタイマー終了を告げていた。一段目ではプレートの上で卵焼きが、二段目にはアスパラとトマトが良い具合に焼けている。むろん、鏡が今日の弁当のためにセットしていたものだったが、腹を空かせた金髪の野良猫が強奪していったので(怒る気も失せた)もう一度作り直すことにした。人形町の食堂の件で迷惑をかけたのはたしかだが、あれから恩をかさにきていいように振り回されている気がする。

慣れた手つきでパンをスライスし、具を別のタッパーに入れてラップで包み込んだ。食べる直前に挟む方がパンが湿らなくてうまいのだ。黙々と準備をしていると、やけにリビングが静かなことに気づいた。既に皿の上にはなにもなく、ソファで真事が死体のように寝ている。

「おい、真事」

「………にゃにー?」

「もう出るから、鍵あとで返せよ」

今日は休日だが、この男の仕事に週末も祝日もない。どうせここで一眠りしたら、また仕事に出かけて行くに決まっている。

「あー、シャワー借りていい?」

「ああ」

「パンツも借りるね」

「買いに行け」

「チカちゃんち、化粧水あったっけ。最近お肌がさあちょっと荒れ気味で、これって歳だよね」

　相手にしているのもばかばかしいので、さっさと壁付けにしてあるロードバイクを引っ張り出してリュックを背負った。昨日のうちにスポーツ飲料や梅干し、塩などは準備してある。

　鍵をかけて、ペット用のエレベーターで地上へ降りた。

　今日はどこへ行くか決めていないが、クライムもいいかもしれない。ぴかぴかに磨き上げてあるマドンは、これから山へ行って黄砂まみれにするのには惜しいくらいに美しい。

　家に帰ると予想通り真事の姿はなく、ただ携帯に「ゴチソウサマデシタ・ぱんつ借りました」とだけ短いメッセージが届いていた。思わずどれをはいていかれたのか確認したが、消えていたのがあまり古くもなく高くもないものだったので、いろいろもう忘れることにした。

週明け、土曜日に真事が転がりこんできたこともすっかり忘れていた鏡は、思わぬ人間から自宅の鍵を返してもらうことになった。

「ぐー子、なんでお前が俺んちの鍵を持ってる」

「あの、それはですね。ジョゼに頼まれて……」

鏡は思わず黙った。自分の部下であるところのこの鈴宮深樹が、やたらと栃木組と親交を深めていることは知っていたから、べつに驚きはしなかったが。

「あの、それで……、鏡トッカン……」

「なんだ」

なぜか鈴宮は自分と目を合わせようとせず、そのくせ立ち去りもせずに、なにか言いたげにもじもじしている。

「言いたいことがあるなら早く言え」

すると、彼女は意を決したように顔を上げ、息を吸うなり、

「あのっ、ジョゼから、鏡トッカンにパンツを借りたから新しく買って返したいが、店が開いている時間に買い物に行けないから、代わりに買って返してくれってお金預かって頼まれたんですけど、本当にヒモパンでいいんですか!?」

途端、いつもは八センチヒールでもアスリートのように石畳を駆け抜ける鍋島木綿子上

席が、直後によろめいた。

（真事……）

あの招かれざる客、疫病神め。

縁起が悪いので、しばらくパンを焼くのは中止とする。

解説

声優 池澤春菜

あの二人が帰ってきた!!

ぐー子こと鈴宮深樹と、京橋中央署の死に神こと鏡雅愛。二人が所属するのは、東京国税局京橋中央税務署の特官課。そう、泣く子も黙るトッカン（特別国税徴収官の略）!!

特別国税徴収官。

とくべつこくぜいちょうしゅうかん。

ああ、この言葉を人生でこんなにすらすら言える日が来ようとは。

自慢じゃないのですが、本当に、本当に自慢じゃないのですが、わたし、ものすごく数字に弱いのです。文字には多少強いんだけど、反動なのか数字が壊滅的に駄目。妹はめちゃくちゃ数字が得意で、物理コンテストで優勝したり、金融トレーダーとして外資で暴れ倒したり、電話番号くらいなら瞬時に暗記する、のに。

わたしにとってお金は、お財布に不安にならない額が入ってて、美味しく普通にご飯が食べられればOK。高校生くらいから仕事を始めていたので、毎年の確定申告は母任せ。母がアメリカに移住してからは、今度は税理士さんに丸投げ。一年分のあれやこれやを箱にみっちり押し込み、税理士さんにお送りして、はい、お終い。終わった頃に、ありがとうございました、を言いに事務所にお邪魔し、母の古い友人の所長さんと近くの洋食屋さんでランチをする。大人にあるまじき、ということはわかっているのだけど……どうしても、苦手は苦手。

税金や諸々の難しいお金の計算とは、きっと一生仲良くなることはあるまい、と思っていたのに。まさかこんなに税に関する言葉を連呼する日が来るとは、トッカンさまとて思うまい。

アマゾンオーディブルで第一巻『トッカン　特別国税徴収官』、第二巻『トッカンvs勤労商工会』を朗読させていただいたのが去年のこと。お話をいただいた時は、高殿円さんの書くものが絶対的に面白いのは知っていたけれど、でも税金エンターテインメント？　わたしで大丈夫？　と、とても不安でした。でも、とりあえず読み始めたら、一気読み！　そして朗読も楽しいこと楽しいこと。

この作品は登場人物が多いので、ちょっと変則的に、まずそれぞれのキャラクターの台詞を録り、最後に地の文を収録する、という方法をとらせて貰いました（男性の台詞を担当して下さったのは外崎友亮さん）。

散々な目にあい、凹んで、泣いて、悪態つきながらも、たくましく進んでいくぐー子。艶やかにさりげなく、ぐー子にアドバイスをしてくれる木綿子さん。ばっちばちの南部千紗、百戦錬磨の白川耀子、奈須野のおばあちゃん、それぞれになりきって言葉を紡いでいく爽快さったら。地の文も、ぐー子のモノローグ。気持ちで繋いで、ぐいぐい読めた。

一日四時間×四日間、それを二冊分。トッカンの世界にどっぷり浸れた、長いような短いような三十二時間。朗読は没入感が凄くて、まるで自分の体がないような、不思議な境地になることがあります。自分の中を言葉がただひたすら流れていく、意味と音を通す管になったような。あの三十二時間、わたしはトッカンの世界に生きていました。

本書『トッカン 徴収ロワイヤル』は、〈トッカン〉シリーズの四巻目。

前三作と違い、唯一の短篇集です。

たぶん、この本を手に取った方はシリーズ通して読んでいらっしゃるとは思うけれど、軽くおさらいをさせていただきますと。

第一巻『トッカン 特別国税徴収官』。東京国税局京橋地区税務署に所属する下っ端徴収官、鈴宮深樹。すぐに「ぐ」と言葉に詰まることから、ついたあだ名は「ぐー子」。冷血無比、歩く死に神、お釈迦様からも滞納金をむしり取る極悪ハスキー顔の上司、鏡雅愛にくっついて、行き詰まった町工場から、くせ者の銀座のママ、カフェの二重帳簿と、今日も取り立て差し押さえに東奔西走。

第二巻『トッカンvs勤労商工会』では大事件勃発。一分の隙も情けもない、あの鏡が滞納者を自殺に追い込んだ?! 天敵とも言える勤商の弁護士、吹雪敦に、鏡の過去を知る幼馴染み、弁護士にして元お笑い芸人ジョゼこと本屋敷真事と、そのボディガード里見輝秋、さらになんだかあやしい動きを見せる新しい同僚、錨貴理子……ぐー子の毎日は、やっぱり大変。

第三巻『トッカン the 3rd おばけなんてないさ』。二年目ともなり、だいぶ成長したぐー子。その成長を買われて(?)、栃木への一人出張命令が。怪しい運送会社と、さらに怪しい霊感商法。まさかの殺人事件に発展?! そしてさらに鏡の元嫁まで登場!! ぐー子が飛ぶ? 鏡の推理が謎を暴く!! どたばたのちしっとり、あの鏡の意外な過去が明らかに。

そして今作『トッカン 徴収ロワイヤル』。ぐー子、成長しています。確実に鏡に言い返せるようになっています(徴収は相変わらず失敗するけれど)。税大研修で、鏡との地獄の日々を思いだし堂々と論を述べる勇姿に、ここまで見守ってきた身として、親戚のおばちゃん並に胸が熱くなりました(黄金の〇〇に乗って颯爽と現れる鏡の勇姿には胸熱というより、腹痛)。

四巻目だけ読んでももちろんいいけれど、やっぱり前作を読んでおくと、それぞれのキャラクターも把握でき、ぐー子の成長も追えて、面白さもひとしお。もし未読の方がいらっしゃったら、ぜひ一巻から。

全く知らない世界を舞台に、こんなに親近感が持てる、ぎゅっと心に迫ってくるお話が描けるなんて。特別国税徴収官とて人の子、様々な思いを抱え、悩み、もがき、時には糠《ぬか》味噌を投げつけられながら、日々がんばっているんですねぇ。

税金すらエンターテインメントにしてしまう、高殿さん、凄い。

個性豊かなキャラクターたち。

知らない世界の面白さ。

お金にまつわる欲と愛と悲しみ。

三拍子も四拍子も揃ったこのシリーズを他メディアが放っておく訳がありません。ぐー子:井上真央さん、鏡:北村有起哉さんでドラマ化され、漫画にもなっています。なので、もしかしたら最初の入り口はそちら、という方も?

活字として生まれた物語が、二次元の絵にも、三次元のドラマにもなる。それは、元の小説の面白さがあってこそ。軽妙な語り口、テンポの良い会話、かと思えばぐっと重く、シリアスに心情に迫る……スパイシーでスイート、時にビター、うむむ、すごい。

高殿円さん、二〇〇〇年に『マグダミリア　三つの星』で第四回角川学園小説大賞奨励賞を受賞しデビュー。

ライトノベルのラインナップは圧巻。かと思えば、この〈トッカン〉シリーズでは特別国税徴収官、『戒名探偵　卒塔婆くん』では戒名からその人の人生を読み解く特異な探偵を生み出し、『ポスドク!』の主役はそのまんまポストドクターで、『上流階級　富久丸百貨店外商部』は百貨店の外商部、『グランドシャトー』では高度経済成長期のキャバレーが舞台、そして漫画原作に脚本と、八面六臂の大活躍。今は何と、裏千家の雑誌に、茶道具擬人化小説を書いていらっしゃるそう。どれだけ引き出しが多いんですか?! 歴史小説から現代物、重いも軽いも自由自在、次はどんな世界を舞台にしてくれるんだろう、ととても楽しみな作家さん。

ちなみに個人的お気に入りは（この〈トッカン〉シリーズはもちろんのこと）、〈シャーリー・ホームズ〉シリーズ。お気づきの通り、ホームズとワトソンを女性にして、さらに現代に舞台を変えたホームズ愛溢れるパスティーシュ。これもいつか朗読してみたいなぁ、と密かに心願っております。

現在、〈トッカン〉シリーズはこの第四巻が最新。もしかしたら、またいつの日か、京橋中央税務署のみんなに会える日が来るかもしれない。

ぐー子はさらにパワーアップしてるだろうか。それでもきっと毎日壁にぶつかって、めげずに戦いを挑んでいるだろう。

鏡トッカンは0・00001%くらいデレ度が増すかも？

木綿子さんの夜会巻きはますます完璧に、吹雪の腹黒チワワっぷりはさらに加速、ジョゼが走り、署長がピンクリボンをばらまく。

きっとそこにあるのは、変わらない、でももっとパワーアップしたみんなの毎日。

いつか来るかもしれないその日のために、わたしももうちょっと税金のお勉強をしておこうと思います。

トッカンこと特別国税徴収官に、リアルで会わないですむように、ね。

この作品はフィクションです。
本当に本当にフィクションです。
実在の人物、団体、事件などには
いっさい関係ありません。

（筆者）

本書は二〇一八年三月に早川書房より単行本として
刊行された作品を文庫化したものです。

御社のデータが流出しています
吹鳴寺籐子のセキュリティチェック

一田和樹

エンタメ企業の顧客データから個人情報が盗まれ、ネットで公開された。ツイッターで犯行声明を出す犯人に、82歳のセキュリティ・コンサルタント・吹鳴寺《すいめいじ》籐《とう》子《こ》が挑む！　他に「ウイルスソフトを買わせて金を奪う詐欺」「顧客データが暗号化される悲劇」等々、いま会社員が直面する危機を描き出すＩＴ連作ミステリ。

ハヤカワ文庫

未必のマクベス

早瀬 耕

IT企業Jプロトコルの中井優一は、バンコクでの商談を成功させた帰国の途上澳門《マカオ》の娼婦から予言めいた言葉を告げられる――「あなたは、王として旅を続けなくてはならない」。やがて香港法人の代表取締役となった優一を、底知れぬ陥穽が待ち受けていた。異色の犯罪小説にして痛切なる恋愛小説。解説／北上次郎

ハヤカワ文庫

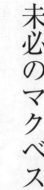

黒猫の刹那
あるいは卒論指導

森　晶麿

大学の美学科に在籍する「私」は卒論と進路に悩む日々。そんなとき、ゼミで一人の男子学生と出会う。黒いスーツ姿の彼は、本を読み耽るばかりでいつも無愛想。しかし、ある事件をきっかけに彼から美学とポオに関する〝卒論指導〟を受けて以降、その猫のような論理の歩みと鋭い観察眼に気づき始め……。『黒猫の遊歩あるいは美学講義』の三年前、黒猫と付き人の出会いを描くシリーズ学生篇

ハヤカワ文庫

第6回アガサ・クリスティー賞受賞作

花を追え

仕立屋・琥珀と着物の迷宮

春坂咲月

仙台の夏の夕暮れ。篠笛教室に通う着物が苦手な女子高生・八重は着流し姿の美青年・宝《とも》紀《のり》琥《こ》珀《はく》と出会った。そして仕立屋という職業柄か着物に詳しい琥珀と共に着物にまつわる様々な謎に挑むことに。ドロボウになる祝い着や、端切れのシュシュの呪い、そして幻の古裂「辻が花」……やがて浮かぶ琥珀の過去と、徐々に近づく二人の距離は——？　謎のイケメン仕立て屋が活躍する和ミステリ登場

ハヤカワ文庫

二〇一一年〈さわベス〉第一位

エンドロール

鏑木　蓮

映画監督になる夢破れ、故郷を飛び出した青年・門川は、アパート管理のバイトをしていた。ある日、住人の独居老人・帯屋が亡くなっているのを見つけ、遺品の8ミリフィルムを発見する。帯屋は腕のいい映写技師だったという。門川は老人の人生をドキュメントにしようとその軌跡を辿り、孤独にみえた老人の波瀾の人生を知ることに……人生讃歌の感動作（『しらない町』改題）。解説／田口幹人

機龍警察〔完全版〕

月村了衛

テロや民族紛争の激化に伴い発達した近接戦闘兵器・機甲兵装。その新型機〝龍機兵〟を導入した警視庁特捜部は、搭乗員として三人の傭兵と契約した。警察組織内で孤立しつつも彼らは機甲兵装による立て籠もり現場へ出動する。だが背後には巨大な闇が……〝至近未来〟警察小説シリーズ第一作を徹底加筆した完全版

著者略歴　兵庫生，作家　著書〈トッカン〉シリーズ，〈シャーリー・ホームズ〉シリーズ（以上早川書房刊），『メサイア 警備局特別公安五係』『上流階級』『剣と紅』『政略結婚』『グランドシャトー』他多数

HM=Hayakawa Mystery
SF=Science Fiction
JA=Japanese Author
NV=Novel
NF=Nonfiction
FT=Fantasy

トッカン
徴収《ちょうしゅう》ロワイヤル

〈JA1447〉

二〇二〇年九月十日　印刷
二〇二〇年九月十五日　発行
（定価はカバーに表示してあります）

著者　高《たか》殿《どの》円《まどか》
発行者　早川浩
印刷者　西村文孝
発行所　株式会社 早川書房
郵便番号　一〇一 - 〇〇四六
東京都千代田区神田多町二ノ二
電話　〇三 - 三二五二 - 三一一一
振替　〇〇一六〇 - 三 - 四七七九九
https://www.hayakawa-online.co.jp

印刷・精文堂印刷株式会社　製本・株式会社フォーネット社

ISBN978-4-15-031447-7 C0193

本書は活字が大きく読みやすい〈トールサイズ〉です。